ハロルド・ピンター

不条理演劇と記憶の政治学

Harold Pinter

奥畑 豊
OKUHATA Yutaka

彩流社

目次

はじめに

本書は戦後イギリスを代表する劇作家ハロルド・ピンターについての著作である。ピンターは一九三〇年にロンドン北東部ハックニー地区で、仕立屋を営む東欧系ユダヤ人の両親の下に生まれた。少年期から青年期にかけての彼は文学と映画に傾倒する一方、学校では友人も多く、スポーツに精を出していたと言われる。重要なことであるが、第二次政界大戦後の一九四八年に、良心的な理由から徴兵拒否を行なったことから分かるように、ピンターは生涯一貫して平和主義者であり続けた。王立演劇学校とセントラル・スクール・オブ・スピーチ・アンド・ドラマ（現在はロンドン大学の一部）で学んだあと、ピンターは俳優として活動を始めたが、ブリストル大学演劇科に通う友人の勧めで執筆した最初の戯曲『部屋』（*The Room*, 1957）が同大学で上演されたのを機に、彼は劇作家への道を歩み始めることとなる。初期の代表作『誕生日パーティー』（*The Birthday Party*, 1957）が興行的不振のために早々と打ち切られるなど、デビュー後しばらくは正当な評価を得ることができなかったが、彼は一九六〇年初演の『管理人』（*The Caretaker*, 1959）の大成功によって一躍注目を集め、六五年初演の名作『帰郷』（*The Homecoming*, 1964）によって不動の名声を確立した。

一九六〇年代以降のピンターは、記憶劇と呼ばれる内省的な作品で新境地を開く一方、劇場だけでなくテレビやラジオ向けの芝居を執筆し、多数の映画脚本をも手掛けた。そして、一九八〇年初演の『温室』(*The Hothouse*, 1958; 1980)以降、彼は国際社会における人権侵害や弾圧などに対して積極的に発言をするようになり、活動家として様々な問題にコミットしつつ、幾つもの優れた政治劇を世に送り出した。特に一九九六年初演の『灰から灰へ』(*Ashes to Ashes*, 1996)は、後期における彼の代表作の一つである。晩年のピンターは食道癌に冒され、二〇〇八年に死去するまで長期にわたる闘病生活を余儀なくされていたが、彼の名声は日増しに高まり、二〇〇五年にはフランツ・カフカ賞とノーベル文学賞を授与されている。

マーティン・エスリンを始めとする批評家たちによって、『ゴドーを待ちながら』(*Waiting for Godot*, 1952)の作者サミュエル・ベケットの他、ウジェーヌ・イヨネスコ、エドワード・オールビー、トム・ストッパードなどと共に「不条理演劇(Theatre of the Absurd)」の書き手として位置づけられてきたピンターの芝居は、現在でも広く世界各国で親しまれている。例えば本国イギリスでは、二〇一六年にウエスト・エンドのウィンダムズ劇場でショーン・マサイアス演出、イアン・マッケランとパトリック・スチュワート主演による『誰もいない国』(*No Man's Land*, 1974)が上演されて高い評価を獲得した。また、彼の名前を冠したハロルド・ピンター劇場では、没後十年となる二〇一八年から翌年にかけて、主要作品が八回に分けて再演され大きな話題となった。当時ちょうどロンドンに留学中だった筆者は、これらを観るために何度も劇場に足を運んだ。

それだけでなく、国際ハロルド・ピンター協会(The International Harold Pinter Society)が一九八六年に設立され、査読つき学術誌『ピンター・レヴュー』(*The Pinter Review*)が定期的に刊行されていることなどからも分かるように、ピンターはアカデミックな研究の対象としても(さすがにベケットにはかなわないだろうが)常に注目されている。事実、彼を題材にした専門書や学術書、あるいは論文の類は、英語やその他の言語で毎年かなりの数が出版され続けている。

日本においても、ピンターの芝居は喜志哲雄や小田島雄志によってほとんどすべてが翻訳されており、既にこれまで幾度となく上演されている。例えば、一九七〇年代には安部公房スタジオにおいて安部本人が『料理昇降機』(*The Dumb Waiter*, 1957)を演出しているし、二〇一四年にはデヴィッド・ルヴォー演出の『昔の日々』(*Old Times*, 1970)と長塚圭史演出の『背信』(*Betrayal*, 1978)が相次いで上演され、大きな成功を収めた。また、直近の二〇二一年三月には東京・下北沢の小劇場「楽園」にて伊礼彼方と河内大和が『料理昇降機』に挑んでいる。

しかしながら、アカデミックな観点から見るならば、わが国におけるピンター研究は諸外国——とりわけ英語圏——に比べるとかなり立ち遅れている。もちろん、これまでに出版された彼の芝居に関する学術論文はかなりの数に上るし、また喜志の『劇作家ハロルド・ピンター』(二〇一〇年)や細川眞の英文図書(二〇一六年)のような研究書も書かれているとはいえ、英文学・イギリス演劇史上における彼の重要性や彼の作品の国際的な影響力に比べれば、この現状は決して十分であるとは言えないだろう。

本書はささやかながら、そうした日本におけるピンター批評の隙間を埋めることを企図して書かれた。この本は二部構成であり、第一部は内容的に連続した二章、第二部はそれぞれ独立した論文として読める三章からなる。本書全体の序論としての役割も備えた第一章では「言語」、「政治」、「記憶」という重要なキーワードを提示したあと、ピンターのユダヤ人としての生い立ちや戦争体験に目配りしつつ、彼によるマス・メディアの言説批判に焦点を当てる。ピンターは劇作家として言語の暴力的な側面に深い関心を持っていた反面、活動家として「言語が如何にマス・メディアによって濫用されているか」という問題を探究し続けた。また、彼はメディアの言語が正常なコミュニケーションを破壊するだけでなく、真実を歪曲し、われわれに偽の記憶を植えつけることをも危惧していた。第一章ではこうした言語に関わるピンターの問題意識を考察し、続く第二章では彼の作品群に描かれるミスコミュニケーション、あるいは社会学者クラウス・ミューラーが「歪曲されたコミュニケーション」と名づけたものの表象を分析し、それらに表出する記憶の政治学のあり方を読み解く。

第二部をなす三つの章も、多くの点でこの第一部の議論を引き継ぐものである。だが、ここでは第一部で提示した読解から零れ落ちてしまった論点をも拾い上げながら、『誕生日パーティー』『温室』『管理人』『帰郷』、そして後期の政治劇といった彼の代表作を詳細に検討していく。本書を読み進めていくうちに明らかになるであろうが、第一部と第二部に共通して大きな影を落としているのは、ピンターのユダヤ人としての出自であり、彼自身は直接的に体験することのなかったホロコーストという人類史上最悪の残虐行為である。そのため、第一部におけるミスコミュニケーションに関する議論、第二部におけるピンター劇の暴力性に関わる議論、そして本書全体に通底する記憶の政治学というテーゼは、いずれもこのホロコーストという歴史上の大事件と多かれ少なかれ関係している。

この本の中に登場するピンターの芝居はすべて *Plays*, 4 vols. (London: Faber and Faber, 1991-2005) から引用し、本文中の括弧内に巻数と頁番号を記載する。それらの引用の翻訳は、『ハロルド・ピンター全集』全三巻、喜志哲雄・小田島雄志・沼澤洽治訳(東京：新潮社、二〇〇五年)及び、喜志哲雄訳『ハロルド・ピンター1：温室／背信／家族の声 ほか』、『ハロルド・ピンター2：景気づけに一杯／山の言葉 ほか』、『ハロルド・ピンター3：灰から灰へ／失われた時を求めて ほか』(東京：早川書房、二〇〇九年)を使用した。また、ピンターのエッセイやインタヴューなどを集成した *Various Voices: Sixty Years of Prose, Poetry, Politics 1948-2008* (London: Faber and Faber, 1998) からの引用のうち、既訳のあるものは『何も起こりはしなかった——劇の言葉、政治の言葉』喜志哲雄編訳(東京：集英社、二〇〇七年)を用いた。ただし、エッセイ「劇場のために書くこと」("Writing for the Theatre", 1962)に関してはこの本には訳出されていないので、『ハロルド・ピンター全集』第一巻の喜志訳を使用した。また、同様に「疎開者たち」("Evacuees", 1968)と題されたインタヴューも本邦未訳のため、そこからの引用の訳は筆者の手によるものである。これらに加えて、その他の英語文献の既存の翻訳を用いる場合はその出典を注に明記した。なおいずれの引用も、表記などは統一を期するために筆者が適宜手を加えている。

ちなみに、本文中でピンター劇の英語原題のあとに書かれているのは初演の年ではなく、その作品が執筆された年である。[1]

註

（1） 執筆年はハロルド・ピンター公式ウェブサイト(haroldpinter.org/home/index.shtml)の記載に基づく。

第一部

第一章　ホロコーストのあとで（1）——言語、政治、記憶

1「無垢な姿をしたもの」——言語、政治、記憶

「一九四四年にロンドンに戻る途中、私は初めて飛来する爆弾を見ました」——二十世紀後半のイギリス不条理演劇を代表する劇作家であるハロルド・ピンターは、一九六七年の『ニューヨーク・マガジン』誌（*New York Magazine*）に掲載されたインタヴューにおいて、自身が少年時代に目撃した大規模な空襲の情景を描写している。ピンターは続けて次のように語る。

私は路上にいて、それが飛んでくるのを目撃したのです。それは小さな飛行機のように見えました。それは無垢な姿をしたものでした。それは音を立てて飛んでいきました。そしてそのあと、私はそれが落ちてくるのを見たのです。ドアを開けて家の庭が炎に包まれているというようなことが何度かありました。私たちの家は燃えませんでしたが、われわれは何度も疎開しな

くてはなりませんでした。(Taylor-Batty, *About Pinter* 95)

「無垢な姿をしたもの」が一転して罪なき人々に惨禍をもたらすという、少年時代の彼の心理に焼きついた暗喩的なイメージ。この幼き日の恐ろしい記憶が彼の心を捕え続けていたという事実が示す通り、一九三〇年にロンドンのハックニーで生まれたユダヤ系英国人ピンターは、第二次世界大戦という人類史上最悪の悲劇を経験し、戦争から直接的な影響を受けて育った世代の芸術家であった。批評家マーティン・エスリンの表現を借りるならば、「ピンターは彼の世紀——すなわちホロコーストや大量虐殺、核兵器の世紀——の真の代表者であった」(Burkman & Kundert-Gibbs 28)。ピンターは「ピンタレスク(Pinteresque)」と形容される極めて曖昧模糊とした言語の用法によって演劇界に革新をもたらした存在であると同時に、政治的な発言や行動の数々によってしばしば物議を醸してきた特異な書き手でもあったが、彼のこうしたラディカルな姿勢の背後に潜むのは、恐らく突如として不条理な破滅をもたらす「無垢な姿をしたもの」に対する深甚な恐怖に他ならなかった。

ここで敢えて結論を先回りして指摘しておくならば、ピンターにとってこのメタファーと真っ先に結びつくものとは、恐らく言語であった。二〇〇一年のフィレンツェ大学名誉学位授与式におけるスピーチの冒頭で、彼は「人間が言葉をどのように使うかという問題は、私にとっては、常に大きな関心事でした」と述べている(*Various Voices* 258)。だがその一方で、「劇場のために書くこと」("Writing for the Theatre", 1962)という初期の重要なエッセイにおいて、彼はこうも語っている。

私自身は言葉について相反する二つの気持ちを持っています。言葉の間を動き回ったり、言葉を選び出したり、言葉がページの上に現れるのを見たりすること——これはなかなか楽しいことです。しかし同時に私は言葉について別の激しい感情を持っており、それは事実上嘔吐感と変わりません。(Pinter, *Various Voices* 32)

ピンターが「吐き気」を催す言葉とは、具体的には陳腐化した決まり文句などを指すが、それはしばしば極めて危うい性質を持つ。ピンターの伝記作者マイケル・ビリントンは、この作家が言語を「実質的な現実を隠す〈恒久的な仮装〉」として捉えていたと指摘し(BIllington 323)、その証拠としてBBCラジオ4の番組で語られた彼の発言を引用する。

言語の構造と現実の構造とは(現実とは、実際に起こる事件のことです)、平行線を辿ることになっているのでしょうか? 現実とは、本質において、言葉の外部にある、頑強で無縁の存在で、言葉によって描写することができないものなのでしょうか? 存在と人間による存在の認識との間には、的確で生気の通った照応関係はありうるのでしょうか? それとも、人間が言葉を使うという行為は、現実を曖昧化し、歪曲する——実際に存在するものを歪曲し、実際に起こることを歪曲する——ことにならざるを得ないのでしょうか？　私がそう言うのは、人間は現実を恐れるものであるからです。（*Various Voices* 219）

この印象的な発言のあと、ピンターは更にこう述べている——「私たちには、死者を直視することはできません。しかし、私たち死者を直視せねばならないのです。なぜなら、死者は私たちの名において死ぬからです。私たちの名において行われていることに、私たちは注意を払わねばなりません」（219）。

彼の文学的師匠に当たるサミュエル・ベケットと同じく、ピンターは言葉それ自体が持つ本質的な問題や危うさについて常に意識的な劇作家であった。だが、前者がマイムや音楽といった非言語表現の可能性を『言葉と音楽』（*Words and Music*, 1962）や『言葉なき行為Ⅰ・Ⅱ』（*Act Without Words I*, 1956 / *Act Without Words II*, 1956）、『カスカンド』（*Cascando*, 1963）といった作品群で探究していたのと対照的に、後者の関心は基本的に言葉の問題から離れることはなかった。それゆえピンターは、数多くの演劇作品において曖昧化した言語を自在に駆使しつつ、それが人々の間の正常なコミュニケーションを破綻させるのみならず、時として暴力的な作用を露呈させうることをも看破していたのである。また他方で、彼は劇作家としてではなく政治活動家としても、言語が孕む問題に深くコミットしていた。後述するように、彼は強大な権力と結びついたマス・メディアが、言語を恣意的に濫用することによって暴力行為に間接的に加担する現状を批判的に追及し続けていたのである。

このように、ピンターは言語という「一見して無垢な姿をしたもの」が孕む危険な側面を自作において積極的に表象したばかりでなく、その果てしのない恐ろしさを現実世界の中にも見出していた。だが重要なことに、ここでピンターが問題にする言語というものは、彼が劇作家と活動家という二つの異なった立場で探究し続けた主要なテーマ——すなわち政治と記憶——との間を文字通り媒介する役割を担うものであった。ここにおいて、言語、政治、記憶というピンターのテクストを特徴づける三つの要素が出揃った訳であるが、本書のこの第一章と第二章がこれから明らかにしていく通り、それらは互いに深く関係し合っているのである。だがそれでは、言語によって結びつけられる政治と記憶とは、ピンターの作品や彼の活動にとって一体どのような意味を持っているのだろうか?

まずは彼のテクスト内に現れる政治と記憶の関係について、先行する批評にも触れながら見てみよう。言語を媒介にしたこれらの関係については、ピンター劇を具体的に分析する第二章で詳しく立ち入るのでここでは簡単に触れるにとどめておくが、既によく知られているように、彼の多くの芝居——例えば『部屋』(*The Room*, 1957)、『誕生日パーティー』(*The Birthday Party*, 1957)、『料理昇降機』(*The Dumb Waiter*, 1957)、『管理人』(*The Caretaker*, 1959)、『帰郷』(*The Homecoming*, 1964) など——において、登場人物の関係はしばしばミクロ政治的な闘争として表象されている。ピンターを「非常に政治的な作家」と評した演出家のデヴィッド・ルヴォーが指摘しているように、それはまさに「彼が個人間の関係性における政治性を理解していたからである」(Taylor-Batty, *About Pinter*

167）。また、ビリントンによれば「ピンターはそもそも最初から、われわれが〈個人的な〉演劇と〈政治的な〉演劇との間に作る人工的な区分を打ち壊していたのである」（Billington 89）。この点に関しては、ピンター劇における政治とポストモダン性について考察した論文の中で、オースティン・クィーグリーが次のように指摘している――「個人的なものを政治的なものの中に溶け込ませることで個人的なものは政治的であると示すのではなく、ピンターはむしろその逆を効果的にドラマ化してきた。つまり、政治的なものとは、とりわけ個人的なものなのである」（Raby10）。彼が主張している通り、ピンターにとって主たる関心は常に政治的なものへと向けられており、そしてそれは殆どの場合、登場人物たち個人間の関係という形をとって表されてきた。換言すれば、ピンター劇において基盤となるのはそうした関係の有する政治的側面に他ならないのであり、彼のテクストに頻出する人物間の闘争や懐柔、妥協、協力、あるいは腹の探り合いといった諸要素は、常に政治的行為として解釈されなければならないのである。[1]

クィーグリーの指摘は特に、現実世界を風刺するあからさまな「政治劇」とでも言うべき彼の一九八〇年代以降の主要な作品群によく当てはまる。[2] これらの芝居――『景気づけに一杯』（*One for the Road*, 1984）、『山の言葉』（*Mountain Language*, 1988）、『パーティーの時間』（*Party Time*, 1991）、『灰から灰へ』（*Ashes to Ashes*, 1996）など――は政治権力の個人的な濫用を描いているが、そこで作者は「言語行為」が有する暴力的な機能に着目し、それが犠牲者たちの記憶や――恐るべき過去を告発する――彼らの「声」を剥奪する様相を視覚化している。しかしながらこうした傾向の一方で、ピンターは特に一九六〇年代以降、曖昧な記憶やそれを物語る言語がコミュニケーションを破綻させる様を描いた「記憶劇」と呼ばれる作品群をも量産しているだけでなく、晩年にはマルセル・プルーストの原作を翻案・舞台化した『失われた時を求めて』(*Remembrance of Things Past*, 2000)を世に問うている。とりわけ記憶劇と称される中期の芝居――『景色』(*Landscape*, 1967)、『沈黙』(*Silence*, 1968)、『昔の日々』(*Old Times*, 1970)、『独白』(*Monologue*, 1972)、『誰もいない国』(*No Man's Land*, 1974)、『家族の声』(*Family Voices*, 1980)、『いわばアラスカ』(*A Kind of Alaska*, 1982)、『ヴィクトリア駅』(*Victoria Station*, 1982)――は極めて内省的な要素を含んでいるが、そこでは時として記憶がある種のミクロ政治的な闘争や不和を生じさせる役割をも担っている。あとで述べるように、これらにおいては個々人が互いに正常なコミュニケーションを行うことを妨げ、ひいては歴史修正主義や真実の相対性といったものを乗り越えるための機会をも破壊してしまうというような、まさに言語の暴力的側面が強調されている。

このように政治と記憶はいずれもピンター劇を特徴づける決定的な要素であるが、これまで殆どの批評家たちはあたかも両者の間に連続性など存在しないかのように、彼の「政治劇」と「記憶劇」を意図的に区別してきた。もちろん、この分類それ自体は便宜上やむを得ないものであると言えるが(実際に本書においても、こうした呼称を採用している)、それよりも問題なのは、従来の研究がこれまであまりピンターの実験的な記憶劇における政治的な要素について検討することも、彼のあからさまに政治的な芝居に見られる記憶に関するモティーフを分析することもなかったという事実である。そしてそれだけでなく、殆どの先行研究は彼の芝居に織り込まれた政治と記憶という主題の間に存在する、言語という「一見して無垢な」媒介物に対する作者の問題意識を看過するか、まともに採り上げてこなかったのである。

そこで、従来あまり顧みられることのなかったピンター劇における政治と記憶との関係性を、言語という媒介物を通して論じるに当たって、本章では（いささか逆説的に聞こえるかもしれないが）まず初めに彼の非演劇的・非文学的なテクストを議論の俎上に乗せる。具体的に言えば、本章は劇作家ではなく活動家としてのピンターに注目し、政治、記憶、そして言語に対する彼の問題意識——それは文学者としての彼の立場にも通じるものである——を明らかにするのであるが、その過程で彼によるメディア言説に対する批判に焦点を当てる。

ピンターは劇場や出版物の他にラジオ、テレビ、映画といった多様なメディアを自らの活躍の舞台にしてきたが、彼は同時に正常なコミュニケーションを破壊するのみならず、現実を歪曲し、人々に誤った記憶を植えつける強大なマス・メディアの言説を活動家として厳しく糾弾していた。本章ではピンターの芝居を読解していくのに先立って、メディアの言語を批判した彼の非文学的なテクストを採り上げることで、彼の作品に描かれる記憶と政治との間に断絶ではなく（言語を媒介した）密接かつ重要な関連性があることを論証していく。そしてその上で、本章と続く第二章が目標とするのは、ピンター劇における記憶と政治という重要な要素を、彼の言語に対する見方を手掛かりに、一種の「記憶の政治学」として解釈し直すことである。

こうした点を踏まえた上で、次節ではピンターのユダヤ人としての生い立ちなどを考慮に入れつつ、言語、政治、記憶といった要素に対する彼自身の立場を整理してみたい。インタヴューやエッセイにおける彼の発言を分析しながら、次節ではまず世界各地での殺戮や残虐行為に対する彼の抗議や、アメリカ政府による世論や情報の操作といったものに対する彼の批判が、政治権力とマス・メディアの共犯関係を糾弾した同時代のアメリカの知識人たちによる議論と類似性を持つことを指摘する。しかしながら、こうしたアメリカの論客に比べて、ピンターは一見して「無垢な姿をしたもの」である言語が政治権力＝メディアと記憶の問題とを結びつけること、すなわちそれが現実を歪め人々に偽物の記憶――ひいては偽物の歴史――を植えつけてしまう一種の装置として機能しうることをより深く理解していた。それだけでなく、ピンターはユダヤ人芸術家として、この種の言語がコミュニケーションの可能性、あるいは修正主義を克服するための「対話」の可能性をも完全に破壊し尽くしてしまうことを認識していた。後述するように、ピンター劇におけるミクロ政治的な闘争の中で、彼らの曖昧な言語は「起こったこと」や「今まさに起こっていること」を不鮮明なものにしてしまうばかりか、深刻なミスコミュニケーション、もしくは社会学者クラウス・ミューラーが「歪曲されたコミュニケーション」と呼んだものをも誘発するのである。ピンター作品における記憶と政治との不可分かつ連続的な関係性を明らかにするために、この章の残りの部分では、彼の言語に対する姿勢が自身の活動家としての立場と作家としての立場に通底していることを示したあと、ミューラーによる歪曲されたコミュニケーションの三つの類型を導入する。

2　メディア言説への批判とミスコミュニケーション

一般にピンターは一九八〇年代以降、すなわちそのキャリアの後期に突如として政治的な書き手へと変貌したと信じられてきたが、エスリンによれば「彼は常に政治的意識を持ち、リバタリアン的な運動にコミットしてきた」(Burkman &Kundert-Gibbs 27-28)。長年にわたり、活動家としてのピンターは徹底した人道主義や平和主義に貫かれた政治信条を臆することなく表明してきたばかりでなく、唯一の超大国アメリカ合衆国やそれに追従するイギリスによる人道に反した行いの数々を痛烈に非難してきた。例えば、ピンターの後妻であり著名な歴史作家であるアントニア・フレイザーは、回想録『行かなければならないの？』(*Must You Go?: My Life with Harold Pinter*, 2010)において、国際的政治状況に対する夫の関心の範疇が、ニカラグアを中心とする中央アメリカから、ラテン・アメリカ、南アメリカ、そしてチェコスロヴァキアを中心とする東ヨーロッパ、トルコにまで広がっていたと述べている(Fraser, *Must You Go?* 148-49)。またマーク・テイラー＝バティは、後年その対象が湾岸戦争やイラクへの経済制裁、NATOによるベオグラード空爆などにも及んだとしている(Taylor-Batty, *About Pinter* 75)。更に付け加えるならば、彼は最晩年の二〇〇〇年代には、ジョージ・W・ブッシュ政権下におけるアメリカ主導のアフガニスタン空爆やイラク戦争にも反対の意を表している。

だが、先に述べたようにピンターの政治性が既に彼の最初期の作品や活動に現れているのだとすれば、われわれは第二次世界大戦以前に英国で生まれ、ホロコースト後の時代を駆け抜けてきたユダヤ系作家としての彼の生い立ちや経歴にも、十分に目配りしなくてはならない。冒頭で触れたように、ピンターは一九三〇年にロンドン北部ハックニーにてユダヤ系の労働者階級の両親の下に生まれたが、そうしたバックグラウンドや戦争体験が彼の後年の作品や運動に大きな影響を与えたことは間違いない。ピンターの演劇作品におけるユダヤ的要素に関しては既に先行研究があるが[3]、例えば(自身もユダヤ人である)批評家ハロルド・ブルームは、より俯瞰的な視点から彼の全作品を次のように要約している――「明敏な劇作家であれば当然のことであるが、彼の芸術にはホロコースト――三分の一の人々が十五歳になるまでに殺害された――との明確ではないが、漠然とした関係がある。強迫観念的な開いた傷の感覚と共に、暴力への恐怖こそが、ピンターの暗黙の第一原理なのである」(Bloom 1)。また、スティーヴン・H・ゲイルはピンターの一九五七年の処女作『部屋』を採り上げて、次のように書いている。

しかしながら、ピンターが一九五七年に劇作家としてのキャリアを始動したとき、彼の内面ではある一つの考えが主要なテーマとして重要なものであった。恐怖――第二次世界大戦の初期を生き抜いてきた若いユダヤ人として、彼は夜にドアのノックで目覚めねばならないのではないかという恐れや、両親が得体の知れぬ攻撃者によって家から強引に連行されてしまうのではないかという恐れと共にベッドに入ったが、それはヒトラーのドイツについての逸話によって彼の心に鮮明に印象づけられた光景であった。『部屋』においては演劇的な用語に置き換えられているが、そこで彼の恐怖は、ドアの外で鼻を鳴らし中へ入り込もうとしてくる、不可思議で漠然とした何かとして提示されている。部屋の内部にいる人々はドアの反対側に何かがいること、そしてその侵入によって自分たちが危機に瀕していることを悟るのである。

(Gale, *Butter's Going Up* 18)

ここでゲイルはピンターの劇作家としての側面にのみ焦点を絞っているが、言うまでもなくユダヤ人としての暴力への「恐怖」が、彼の創作活動のみならず政治的な活動にも大きな影を落としていたことは明らかである。また、ピンターの伝記の中でビリントンは「混乱／崩壊(disruption)の感覚もまた、戦時期の経験において決定的な部分を占めていた」と述べているが(Billington 7)、こうした要素も恐らく、彼の後年の作家活動や政治運動へと引き継がれてゆくのである。

暴力や混乱／崩壊といったものに対する深甚な「恐怖」を基にして生じたピンターの政治性は、当然のことながら国家権力によって引き起こされる残虐行為や、その隠蔽に対する抗議へと容易に結びついてゆく。実際、ピンターは一九七一年の『ニューヨーク・タイムズ』(*New York Times*)掲載のインタヴューの中で、「私はこれまでいつも、政府の政治的な諸構造やそれらに人々が利用される様について、深く具体的な疑念を抱いてきました。私はそんな風に利用されまいと決意しました」と語っている(Gale, *Critical Essays of Harold Pinter* 39)。ピンターのこの発言を理解する上で重要な事件は、青年時代の彼が一九四八年に断行した良心的徴兵拒否であろう。ビリントンによる伝記は、ピンター自身の言葉を引きながら次のようにその顛末を記している。

ピンターの最初の行動は、召集令状を送り返すことだった。彼は一九四九年に軍事法廷に召喚され、この決定の理由を説明させられた。正確にはどういったものだったのか?「私はこの間の戦争が数百万もの人々を殺したという趣旨のことを言いました。私は世界には食糧が不足しており、また新たな戦争が起きると、更に数百万人もの人たちが飢餓状態になってしまうということを強調したのです。私はまた問いかけました——この馬鹿げた戦争を経験したばかりなのに、また新たな戦争に備えることの意味は何なのでしょうと。誰と戦うのでしょうか、そしてその理由は? 私はこうしたこと全てにかなり断固とした姿勢で臨みました[後略]」。(Billington 22-23)

国家権力の不当な行使に断固として「利用されまい」とする活動家ピンターの政治姿勢の原点がここに窺えるが、彼にとって一体われわれを巧妙に欺き「利用する」するために権力側が用いるものとは、具体的に何であったのか? その答えは、彼自身の記述や発言から明らかである。『サニティ』誌(*Sanity*)に掲載されたエッセイ「自由な言葉の空洞化」("Eroding the Language of Freedom", 1989)において、ピンターはイギリス国内において今や基本的自由の全面的な侵害が起こっているとした上で、こう記している——「私の考えでは、こういう状態の根本原因は、過去四十年にわたってわれわれの思考が空虚な言葉によって――陳腐で血が通っていないのに、恐ろしく有効なレトリックによって――枠をはめられてきたことにある」(*Various Voices* 208)。また、彼は同じ文章の後半では、「言葉に対する信頼が失われ、善悪の観念が救い難いほど損なわれてしまった結果、政府は好き勝手なことがやれるようになった」と述べている(209)。つまり彼にとってまさに言葉こそが、民衆を欺き「利用する」ために国家権力によって用いられる装置に他ならなかったのである。

第一節で指摘した通り、ピンターにとって言語こそが政治と記憶の問題を媒介し結びつけるものであった。このことは、彼が活動家としてマス・メディアの言説を徹底的に批判していたことからも明らかである。例えば彼はこう述べている――「嘆かわしいことに、今では世界中でメディアが政治的に利用されています。メディアと政治権力を握っている人々との間には非常に緊密な関係があるので、両者を区別するのは容易ではありません」(253)、また一九九三年には、次のように語っている――「私たちは先の戦争以来、善と悪を信じるように西側のマスコミから教育を受けてきました――われわれは善で、それ以外の奴らは悪であると。われわれの全ての行いは自由と民主主義の名の下でなされるので、私たちもまたそれらの嘘に加担しているのです」(140)。

かつて「人間が言葉をどのように使うかという問題」が自分にとって「常に大きな関心事」であると語っていたピンターは(258)、政治権力と結託したマス・メディアが戦略的に言語を濫用することによって、「不都合な真実」を歪曲したり抹消したりしている現状を鋭く非難した。ここに挙げた幾つかの引用から明白な通り、ピンターは言語が一見して「無垢」なものであることを認識しつつも、他方で政治権力がマス・メディアの言説を媒介にして様々な悪事を働いていると考えていた。彼によれば「政府の手にあるメディアは、人々が考えることをしないように促すプログラムを提供している」のであり(Taylor-Batty, *About Pinter* 141)、それは「自由とか民主主義とかキリスト教的価値とかいった言葉」を、「野蛮で恥ずべき政策や行為を正当化するために」用いる(*Various Voices* 219-20)。つまり、彼にとって非難されるべきは戦争や残虐行為そのものだけでなく、それらに関する真実を意図的に歪曲しミスレプレゼントするメディアの言説に他ならない。彼が言うように、それは「言語が芯から病んでおり、終始一貫、偽装や嘘の道具としてしか用いられないということ」なのである(219)。

ピンターによるこうした政治活動家としての姿勢は、『メディア・コントロール』(*Media Control: The Spectacular Achievements of Propaganda*, 1997; 2002)の著者、あるいは『マニュファクチャリング・コンセント』(*Manufacturing Consent: The Political Economy of the Mass Media*, 1988; 2002)の共著者として、アメリカにおける政府＝メディアによる情報操作と世論操作に対して警鐘を鳴らしてきた言語学者ノーム・チョムスキーのみならず[4]、エドワード・サイードやジュディス・バトラーらによる二〇〇〇年代の批判とも共振している。例えば、サイードはユダヤ人であるピンターとは中東問題に関して大きく異なった見解を持っているが、『オスロからイラクへ』(*From Oslo to Iraq and the Road Map*, 2004)において、アメリカ政府やイスラエルの戦略によりメディアが真実を歪曲し、米国内では愛国的レトリックによって暴力行為が隠蔽されていることを一貫して告発している。また、バトラーは『生のあやうさ』(*Precarious Life: The Powers of Moaning and Violence*, 2004)において、ピンターがノーベル文学賞受賞記念講演の中で非難したグアンタナモ米軍捕虜収容所の問題を採り上げ、「アメリカ合衆国がこうした人びと[収容された捕虜たち]を描写する言語は、これら個々人が例外的存在で、彼らは個人ですらなく、殺人を犯さないように捕まえておかねばならず、彼らは結局のところ、殺す欲望に還元できる存在で、こうした者たちには普通の刑法や国際法は役に立たない、と示唆しているのだ」と論じている[5](Butler 78)。テロリストのレッテルを貼られた人々を「無期限の拘留」に置くメディアの言説は、言うまでもなく明らかな現実の歪曲であるものの、一見して合理的であるかのように思えるかもしれない。しかしながら、ミシェル・フーコーが国家の理性について語ったあるインタヴューの中で力説しているように、最も暴力的な人間の振る舞いの中にさえ一種の「合理性」がある――「暴力における危険なものとはその合理性です。[中略]暴力と合理性の間に、両立不可能性は存在しないのです」(Dillon 4-5)。彼が示唆しているように、政治的暴力の根源とはロジカルで巧みに構築されたメディアの言説の中にすら隠されている。チョムスキー、サイード、バトラーといった知識人たちはこうした点から、メディアと政治権力による言語の濫用を糾弾しただけでなく、真実や現実が偽善的なレトリックの効力によりしばしば書き換えられ、抹消される状況をも批判したのである。

活動家としてのピンターの姿勢は彼らの立場と親和性を有している。しかしながら、チョムスキー、サイード、バトラーらがあくまで政治(権力)＝メディアと言語との結びつきのみを問題にしていたのと異なり、既に指摘したようにピンターはそのメディア批判において、言語を政治（権力）と記憶の問題とを結びつける媒体として捉えていた。こうした点から浮かび上がるのは、ピンターの糾弾するメディアの政治的言語が、現実からかけ離れた（括弧つきの）「公共の記憶」や「歴史」を構築しうる恐るべき作用を持つということである。そしてそれは更に、ホロコースト否認論を含む極端な歴史相対論や修正主義をも導いてしまう。かつて「人間が言葉を使うという行為は、現実を曖昧化し、歪曲する――実際に存在するものを歪曲し、実際に起こることを歪曲する――ことにならざるを得ないのでしょうか？」と問いかけたピンターにとって（*Various Voices* 219）、言語とはこうした目の前に「起こっている」出来事や、実際に「起こった」出来事の記憶を改変ないし抹消してしまう作用を孕んだ媒体に他ならなかった。この点で彼のメディア批判は、記憶の形成に関わる問題とも重なり合っていると言えるのである。

ユダヤ人であるピンターにしてみれば、政治権力と結びついたマス・メディアの暴力的な言説を容認することとは、でっち上げられた偽の「歴史」や偽の「記憶」を正当化するという耐え難い行為と殆ど同義であった。それゆえ彼の発言や行動は、現実――かつて起こったことや、残虐行為の最中に実際に起こっていること――を歪曲し否定する集合的「記憶」の創出に対するプロテストとして理解することができるが、他方でこの「現実」という概念そのものに対する彼自身の立場はそれほど単純ではなかった。それというのも、ピンターは常に政治的であり、これまで論じてきたような問題に対して常に意識的であったものの、彼本人が「劇作家」としてのペルソナと「活動家」

としてのペルソナを意図的に使い分け、その間に明確な線引きを行っていたからである。例えば二〇〇五年のノーベル文学賞受賞記念スピーチにおいて、彼は初期のエッセイ「劇場のために書くこと」を自己引用しつつ、こう述べている――「リアルなものとリアルでないもの、真なるものと偽なるものとの間には、厳密な区別はありません。ある事柄が真か偽かどちらかであるとは、必ずしも言えないのです。それは真であってしかも偽だということもあるのです」(*Various Voices* 285)。引用元である「劇場のために書くこと」は、この点をそのあとの個所でより詳細に説明している。

人々はわれわれの間に共通の基盤、明確な基盤があるという考え方を支持したがりますが、実際にはわれわれは共通の経験をひとりひとり全く異なったやり方で解釈するでしょう。私に言わせれば、確かに共通の基盤があるにはあるが、それは流砂のようなものだということになります。「現実」というのは非常に確固とした強い言葉なので、それが意味する状態も同様に確固としていて安定していて一義的なものだと、われわれは考えがちです――というより、そう望みがちです。だがどうもそうではないようです。そして私の考えでは、それは別にどうということもありません。(31)

ここで劇作家ピンターは、人々が「共通の経験」を持つことの困難さを前提にした上で、「現実」という概念それ自体が不安定で脆弱なものであると指摘している。しかしながら、後年のノーベル賞講演において彼はこの部分を引用せず、代わりに次のような表現を付け加えている――「作家としては私はこの主張を支持しますが、一人の市民としてはそれを支持することはできません。一人の市民としては、私はこう問いかけねばなりません――何が真実なのか、何が偽りなのか、と」(285)。このように、劇作家としての曖昧な立場とは対照的に、ピンターは市民(すなわち活動家)としては、「リアルなものとリアルでないもの、真なるものと偽なるもの」との間の区別を不断に問い続けねばならないと考えていたのである。

こうしたピンターの相反する姿勢は、彼が「絶対的」真実と「相対的」真実とを意図的に峻別していたということを示している。つまり、一方で活動家としてのピンターは、まやかしの言語の背後に隠蔽された絶対的な真実の存在を探し求めなくてはならないことを深く理解していた。だが他方で彼は劇作家として、ミクロの政治学を戦略的な形で提示した自身の「ピンタレスク」な芝居の中で、そうした絶対的真実の存在が不明瞭な言語の作用によって常に曖昧化され、人々の記憶までもが書き換えられていく様を積極的に描いた。そのため、われわれ観客/読者は彼の登場人物たちの語りの中にのみ、そうして生み出された相対的現実の――しばしば互いに相反する――断片を見出すこととなるのである。

ソール・フリートランダーが編集したホロコーストの「表象の限界」に関する一九九二年の有名な論文集において、歴史哲学者へイデン・ホワイトは歴史的現象の「表象の相対性は、過去の出来事を説明するために使用される言語の機能であり、それによって過去の出来事を説明や理解が可能な対象として構成する」と述べている（White 37）。だが当然のことながら、現実や記憶の相対性を（多かれ少なかれ）乗り越えるための唯一のありうる方法とは、個人や集団間の対話やコミュニケーションに他ならない。こうした観点から見れば、ユダヤ人であるピンターが問題視したのは、偽の記憶や偽の歴史を構築するだけでなく、まさに適切なコミュニケーションを歪め、相対主義や修正主義を乗り越えるという「可能性」までをも破壊し尽くしてしまう言語のあり方だったのである。

もちろんピンターの芝居は、例えばジョン・オズボーンの『怒りを込めて振り返れ』（*Look Back in Anger*, 1956）や、同世代の他の「怒れる若者たち」の左翼的な作品群と全く同じような意味で政治的なのではない。しかし、ピンターの作品に直接的な主張やイデオロギーが見られないにしても、少なくとも彼の言語に対する姿勢については、彼の活動家としてのペルソナと劇作家としてのペルソナの間に連続性が存在していたと言えるかもしれない。実際、ピンターはほとんどの政治体制が不明瞭な言葉遣いを用いると指摘しているが（*Various Voices* 240）、重要なことに彼の作品において言語は、しばしば国家権力やマス・メディアのレトリックと全く同じように機能しているのである。また、言語哲学者J・L・オースティンはかつてあらゆる発話が行為遂行的《パフォーマティヴ》な要素を持つと断言したが、ピンターは明らかに言語が有するこうした側面を熟知していた。ジャック・デリダが批判的視点から要約した際の表現を敢えて借りるならば、行為遂行的なものは本質的に「言語の外でそれに先立って存在するものを記述するのではない」。むしろ、それは「状況を生み出し、作り変え、そして影響を与えるのである」（Derrida 13）。第二章で詳しく論じるが、ピンターの芝居を特徴づけるこの種のパフォーマティヴな言語は、互いに闘争状態にある人々が不都合な真実を隠蔽ないし否定しようとする際に、とりわけ露わになる。グィド・アルマンシとサイモン・ヘンダーソンが言うように、ピンター劇においては正確性や決定的な情報を欠いたレトリックのために、「人々は彼の登場人物たちが他者と話しているときも、自分たち自身と対話している際も、信用することができない」(Almansi & Henderson 20)。こうした人物たちは、時として過去の悪事を正当化したり、何かを偽造したりするために極めて描写的な言い回しを用いるが、多くの場合、彼らのパフォーマティヴな発話は矛盾に満ちており、首尾一貫性がない。そして発話者たち自身が発言をあとになって訂正したり、自分たちが言ったことをひっくり返したり、撤回したりする。それゆえ、プロットが進んでいくに連れて、観客にとって信頼できる情報は次第に少なくなってゆき、われわれの前に提示される「過去」や「記憶」は次々に書き換えられてゆくのである。

3　ピンターと歪曲されたコミュニケーション

ピンター劇において、言語はしばしば実際の出来事も絶対的な真実も表象することのない、ある種の暴力的な装置として駆動しており、そうしたレトリックは正常なコミュニケーションだけでなく、現実の相対性を乗り越えるための対話の可能性をも打ち壊してしまう。D・キース・ピーコックやジェイムズ・エイゴーのような初期の批評家たちは、既にピンター劇におけるコミュニケーションの不在を指摘しているが(Peacock 46; Bloom 43)、ここで重要なのは、そうした現象が劇中人物たち相互のミクロ政治的な闘争の中で生じるという点である。この章の最後の部分では以上の観点から、ユルゲン・ハーバーマスやハンナ・アーレントらの影響下で言語と政治の関わりを分析した社会学者ミューラーによる、「歪曲されたコミュニケーション」の概念を導入してみたいと思う。彼によれば、「〈歪曲されたコミュニケーション〉というのは、あらゆる形の制限されたコミュニケーションや偏向したコミュニケーションを意味する」[6](Mueller 19)。

ミューラーの基本的な立場は、「歪曲されたコミュニケーション」を論じた著書『コミュニケーションの政治学』(邦訳タイトル『政治と言語』*The Politics of Communication*, 1973; 1975)の第二章の冒頭部分に引用される、アーレントの一九五六年のエッセイの記述に明確に示されている。そこでアーレントは「事実としての現実は、他の全ての人間経験と同様、その影響をその体験後にも生き残らせようとすれば、言語で表現する必要があり、その現実を確証するためには他人と話し合い、コミュニケーションをする必要がある」と指摘している[7](Arendt, "Totalitarian Imperialism"25)。しかしながら、『暴力について――共和国の危機』(*Crises of the Republic*, 1969)所収のエッセイ「政治における嘘」("Lying in Politics")において、彼女は「誠実が政治的な徳とみなされてきたためしはないが、嘘はつねづね政治的な駆け引きにおいて正当化できる道具とみなされてきた」とも主張している[8](Arendt, *Crises of the Republic* 4)。事実としての現実を恣意的に否認する政治的言語に関するこの論考の中で、彼女は更に全体主義体制の指導者たちが「嘘の力」、あるいは「現在の〈政治路線〉に過去を合わせるために繰り返し歴史を書き換える能力や、自分のイデオロギーに一致しないデータを抹殺する能力」に自信を持っていたのだと述べる(7)。

アーレントの議論に立脚しつつ、ミューラーの『コミュニケーションの政治学』は全体主義国家のみならず、民主主義的な国家における政治的コミュニケーションの歪曲をも精査する。そうした彼の広範な分析の前提にあるのは、如何なる政治制度も何らかの「合法性」を必要とするという事実である。彼が参照するアーレントの考察によれば、かつて西洋社会の政治体制にとって、それを正当化し安定化させる基礎的な要素とは「権威」に他ならなかった。彼女は『過去と未来の間』(*Between Past and Future*, 1961)の中で、次のように説明している。

> 権威は常に服従を要求するため、一般に権力や暴力の形態と取り違えられている。しかし、権威は外的な強制手段の使用を予め排除する。強制力が使用されると権威は損なわれる。他方、権威は説得と両立しない。説得は平等を前提し、議論の過程を通して働く。論議の最中においては、権威は保留される。説得の平等主義的な秩序に対して、権威主義的秩序は常にヒエラルキーをなす。仮にともかくも権威を定義しようとすれば、それは力による強制と論議による説得の双方に対立するはずである。[9] (Ardent, *Between Past and Future* 92-93)

しかしながら、アーレントによれば現代世界においてこうした「権威」は既に失効している(91)。ミューラーが自著で言うように、彼女は「西欧社会の権威が衰退したのは、権威が道徳的原理から切り離されたがためだと主張する」(Mueller 131-32)。アーレント自身の言葉に戻るならば、要するに「歴史的に見るならば、権威の喪失は、まず最初に宗教と伝統の基盤を幾世紀にもわたって掘り崩してきた発展が迎えた最後の局面に過ぎない」(Arendt, *Between Past and Future* 93)。それゆえ、伝統的ないし宗教的な権威の急激な失墜を背景に、二十世紀前半には「政党制度に取って代わろうとする政治運動の台頭と、新たな統治形式である全体主義」の出現があったのである(91)。

既に失効した伝統的・宗教的権威に代わって、ポスト全体主義時代の現代社会における政治体制の合法性を担保する新たな概念を提示するために、ミューラーはイデオロギーに関するハーバーマスの理論を参照する。ミューラーによればハーバーマスは「正当性イデオロギーこそ、政治体制が安定するための機能的先決要件だと主張した」(Mueller 131)。だが、彼は一九六八年の著作において科学やテクノロジーを内容とし、「一見したところ階級特有の利害から独立している」ものの「実際には政治体制の合理的管理と見られるものに基礎を置いている」という「準イデオロギー」の概念を打ち出している(108-09)。準イデオロギー、あるいは「世俗化したイデオロギー」と呼ばれるものは、ミューラーによって次のように定式化されている。

現代社会において、集合的な信念体験に類似したものとして想定できるのは、消費者パターンが一般大衆の間に広く行き渡っていること、及び政治制度について抽象的な同意が広く行き渡っているという事実である。物質的及び社会的な補償から生まれてくる集合的なイメージ、及びイデオロギー的な性質を持ったスローガンが、伝統的なイデオロギーの幾つかの機能に取って代わったのである。「偉大な社会」、「民主主義の防衛」、「権力を国民へ」、「法と秩序」、「物言わぬ多数者」といった集合的イメージが、たとえ色褪せたものであっても、伝統的なイデオロギーの代用として作用する。(108)

伝統的イデオロギーや宗教的な権威が衰退した現代社会において、「科学とテクノロジーを内容とする準イデオロギーは、政治を一見、脱政治化することによって、政府の権力行使を受け入れやすくする」(111)。換言すれば政府は、政治的に解釈不可能なものによって自己正当化を行うのである。こうした状況において、マス・メディアと共犯関係を結んだ政治体制は、自らの正当性を維持するためにコミュニケーションを歪曲する。ミューラーが論じているように、如何なるコミュニケーションの歪曲も「支配者集団の利益や政治の定めた目標から、自由になることを妨げる」だけでなく、「政治体制を正当化する根拠や、その政治体制が支持する価値について、批判的な検討を行うのを妨げる」のである(178)。

ミューラーは自著の中でフランクフルト学派の第一世代には直接論及していないが、アーレントやハーバーマスに加えて、彼の理論には更に二人の重要なユダヤ系哲学者――マックス・ホルクハイマーとテオドール・W・アドルノ――からの影響があるように思える。第二次世界大戦中、ナチス・ドイツの迫害から逃れていた時期に執筆された古典的著作『啓蒙の弁証法』(*Dialektik der*

Aufklarung: Philosophische Fragmente, 1947)の第四章において、両者は資本主義社会における大衆文化、広告産業、そしてマス・メディアを、すべてを画一化する大衆欺瞞としての「啓蒙」として痛烈に批判している。この極めて有名な箇所において、彼らはこう指摘する——「映画、ラジオ、雑誌の類は一つのシステムを構成する。各部門が互いに調子を合わせ、全てが連関し合う」(二五一)。こうしたメディアや、そこで用いられる言語を分析しながら、ホルクハイマー＝アドルノは「文化産業が提供する製品の一つ一つは、否応なしに全文化産業が当てはめようとしてきた型通りの人間を再生産する」と結論づける(二六四)。しかしながら、この著作の中で両者は大衆文化に出現する視覚イメージのみならず、人々を画一化し、受動的でナイーヴにしてしまう文化産業やメディアのレトリックをも非難していた。例えば彼らによれば、「言語が余すところなく情報へと編入され、言葉が実体的な意味の担い手から質のない記号になるにつれて、そしてますます純粋かつ透明に思考内容を伝達するようになるにつれて、言葉は同時に、ますます不透明になっていく」。言語の非神話化は全体としての啓蒙過程の核心なのだが、それが今や魔術へと逆転する」のである(三三二)。恐らくはこうした視点に基づき、ミューラーは歪曲されたコミュニケーションに関する自身の著作において、二十世紀のメディアや権力によって濫用される言語のより政治的で戦略的な機能を見出し、探究したのであろう。興味深いことに、こうした態度はかつて「政府の手にあるメディアは、人々が考えることをしないように促すプログラムを提供している」と語っていたピンターの姿勢とも、多くの点で重なり合っているのである(Taylor-Batty, *About Pinter* 141)。

ピンターの芝居において、歪曲されたコミュニケーションのモデルは至るところに登場する。もちろん、ミューラーの議論の主要な対象は人間関係におけるミクロの政治学ではなく、あくまでマクロの政治であったが、彼の理論は劇作家としての——そして活動家としての——ピンターの姿勢と深い親和性を有している。アメリカにおける情報や世論の操作から、ナチス・ドイツや戦後の東ドイツといった全体主義国家における言論弾圧にまで至るミューラーの幅広い分析は、ピンターの長年にわたる関心であった政治と言語、更には記憶を巡る諸問題との関わりを明らかにする上でも重要な手掛かりとなりうる。それに加えて、ミューラーは言語に関してまさにピンターと同じ立場を共有していた。例えば彼は次のように述べている——「言語は、人々を統合する要因になったり、分裂させる要因になったりするのだから、政治的な機能を持つことになる」(Mueller 18)。

『コミュニケーションの政治学』において、ミューラーは歪曲されたコミュニケーションの三つの基本的な類型を提示している。その最初のものは、「言語やコミュニケーションの内容を規定しようとする政府の政策から生まれてくる」と彼が定義した「強制指導型コミュニケーション(Directed Communication)」である(19)。ピンター劇——とりわけ、劇場のために書かれた舞台劇——において、それは登場人物たちによるミクロ政治的な闘争の意図的な戦略として表出し、政府や政党の指導者は(しばしば言及されることはあるが)具体的に描写されることはない。そのためこの種のミスコミュニケーションの主体は必ずしもミューラーが言うような「政府の政策」ではなく、様々な組織や体制による政策や意図として定義される。これらは決定不可能性に満ちた曖昧な言語を駆使することで対象を怖がらせたり怯えさせたりし、最終的に正常なコミュニケーションを破壊する。換言するならば、彼の作品ではしばしば不都合な記憶の抹消のみならず、そうした残虐行為の記憶を物語り再生する「声」の剥奪までもが表現されているのである。

続く第二の類型は、「個人や集団の政治的コミュニケーションに携わる能力が制約されている場合」に生じる「環境制約型コミュニケーション（Arrested communication）」である（19）。本書ではこれを人物間の本質的な対話の不在、ないしは相互理解の不在として定義する。階級や教育レヴェルの差異に焦点を絞ったミューラーと異なり、ピンターは様々な要素をその原因として描いたが、彼はまた多くの芝居の中で人間の記憶をこの種のミスコミュニケーションの引き金として提示した。事実、彼の幾つかの作品では、記憶の相対性や曖昧な言語が意図しないコミュニケーションの歪曲を引き起こす。次章ではピンターの登場人物たちが、自身のアイデンティティを維持するための装置として記憶に異常なまでに拘泥していることを明らかにした上で、彼にとって対話の不在が、歴史における修正主義や真実の相対性などの問題を乗り越える可能性を、いつの間にか破壊し尽くすものに他ならないことを指摘する。

ミューラーが定義する第三の類型は、「自分たちの利益を優先させようとして、私的集団や政府機関が、公的コミュニケーションに手を加えたり制限を加えたりする」という「管理抑制型コミュニケーション（Constrained communication）」である（95）。次章ではこれを描いたピンターの政治的な作品群が劇場というライヴ性・視覚性のメディアと親和性を持つことを確認しつつ、観客や舞台上の他の人物から「見えない」過去や現在の恐るべき真実が曖昧な言語によってのみ提示され、ミスコミュニケーションを引き起こしていることを確認する。またピンターの幾つかの芝居においては、登場人物の「見えない過去」や「見えない記憶」が言語によって意図的に歪曲ないしは抹消されている可能性が暗示されている。特に一部の記憶劇においては、「過去の真実」が登場人物の発話によって次々に書き換えられ、加筆されていくに伴って、彼らの生きる舞台上の現在も微妙に変化していく。そのため次章の最後には「過去」について物語ること、そして特に言語によってそれを改変し歪曲しようと試みることが、過去そのものだけでなく現在の真実さえも「殺して」しまうことを、ピンターのメディア批判と結びつけて検討する。

以上のように、ミューラーは「強制指導型」、「環境制約型」、そして「管理抑制型」というミスコミュニケーションの三つの異なった類型を打ち出した。本章に続く第二章ではいよいよ劇作家としてのピンターの作品群に焦点を絞り、その中に登場人物たちの他者に対する身体的ないし心理的闘争の戦略や結果として現れ出る、これらの歪曲されたコミュニケーションのモデルを分析する。政治を敢えて直接的に扱わないことによって、ピンターの多くの芝居は逆説的に「一見して無垢な姿をしたもの」である言語の暴力的な側面――それはしばしば政治や記憶の問題を伴って提示される――を暴き出す。そのため、戦後ないしホロコースト後の世界における記憶の政治学を反映したピンターの演劇作品を論じるに当たって、現実の社会における言語と歪曲されたコミュニケーションの問題を分析したミューラーの議論を導入することは、一見すると奇妙に思われるかもしれないが、実のところ理に適っていると言えるのである。

註

(1) こうしたピンター劇の登場人物たちを特徴づける要素としては他に、(あたかも作者の手から離れて自由自在に振舞っているかのように見える)彼(女)らの「自律性」が挙げられる。この点に関して、モーリス・チャーニーは二〇一一年の論文において、ピンターを「理神論的な劇作家」と評している(Charney 241)。

(2) これら政治劇を包括的に扱った研究書としては、例えばBasil Chiasson, *The Late Harold Pinter: Political Dramatist, Poet and Activist* (2017)がある。

(3) 例えばEfraim Sicker, *Beyond Marginality: Anglo-Jewish Literature after the Holocaust* のピンター論などが代表的である。

(4) ちなみにチョムスキーはユダヤ人であるが長年イスラエルに批判的な態度を取っている。

(5) 引用文の翻訳はジュディス・バトラー『生のあやうさ――哀悼と暴力の政治学』本橋哲也訳(東京:以文社、二〇〇七年)を参照。

(6) 以下、本書からの引用はクラウス・ミューラー『政治と言語』辻村明・松村健生訳(東京:東京創元社、一九七八年)を参照する。

(7) ここの翻訳も辻村明・松村健生訳のミューラー『政治と言語』に基づいている。

(8) この本からの引用は、ハンナ・アーレント『暴力について――共和国の危機』山田正行訳(東京:みすず書房、二〇〇〇年)を参照。

(9) 本書からの翻訳はハンナ・アーレント『過去と未来の間』引田隆也・齋藤純一訳(東京:みすず書房、一九九四年)を参照。

第二章　ホロコーストのあとで（2）——ピンター劇と歪曲されたコミュニケーション

1　記憶を消去する——強制指導型コミュニケーション

社会学者クラウス・ミューラーが提示したミスコミュニケーションの第一の類型は、「言語やコミュニケーションの内容を規定しようとする政府の政策から生まれてくる」という「強制指導型コミュニケーション」である[1](Mueller 19)。ミューラーは次のように書いている——「強制指導型コミュニケーションが発生するのは、通常、あらゆる社会的制度や経済的制度を、一集団もしくは、一政党の利益に公然と従属させようとする政治体制においてである。全体主義体制は、教育制度やマス・メディアを厳しく統制することによって、言語と思想を意識的に操作する」(24)。ピンターの芝居において、この種のミスコミュニケーションは登場人物間のミクロ政治的な闘争の意図的な戦略として表出するが、このことは決して彼がミューラー的なマクロの政治学を矮小化していたということではない。むしろ、ピンターによるミクロの政治学は、ミューラーの社会学的理論を、人間相互の関係性というより普遍的な問題の構図にまで押し広げているのである[2]。

本節では以上のことを踏まえた上で、ミューラーの提示した強制指導型コミュニケーションの実例を、ピンターの最も政治的にラディカルな作品群の中に見出していく。だがもちろん、ピンターは自身の芝居において、国家や政党の公的指導者といった権力者たちを決して直接的には風刺してこなかった。例えばジョージ・オーウェルの『一九八四年』(*Nineteen Eighth-Four*, 1949)における独裁者ビッグ・ブラザーと同じように、謎めいた政治組織や国家体制、あるいはその支配者たちは、登場人物たちの発話の中でのみ曖昧に言及されるのである。それゆえ、強制指導型コミュニケーションを引き起こす主体は、ここではミューラーが述べているような全体主義的「政治体制」だけではなく、いわば様々な形態の組織や権力、あるいは個人として幅広く定義しておく。ピンターの演劇作品においてこれらは、曖昧性や決定不可能性に満ちた言語のレトリックを駆使することによって人々を怖がらせたり脅したりするばかりか、正常なコミュニケーションのあり方までも破綻させてしまうのである[3]。

この最も典型的な例が、後期の政治劇『山の言葉』(*Mountain Language*, 1988)に見られる。劇場のために書かれたこの芝居において、監獄に収容された「山の民」たちは政府によって自らの民族の言語ではなく、「都の言葉」を使うことを強要される。劇中で権力側に属するある士官は、彼らに次のように強制する。

いいかよく聞け。お前たちは山の者だ。分かるか？　お前たちの言葉は死んだ。こいつは禁止された。ここでお前たちの山の言葉を使ってはいかん。身寄りの男に向かってお前たちの言葉で話しかけてはいかんのだ。許されておらん。分かるか？　そいつを喋ってはいかん。法律違反だ。ただ都の言葉だけ喋ること。それだけだ、ここで許されている言葉は。ここでお前たちの山の言葉を使おうとした者は厳罰に処する。これは軍の命令だ。これが法律だ。お前たちの言葉は禁止された。それは死んだ。誰もお前たちの言葉を使うことは許されない。お前たちの言葉はもうないのだ。（*Four* 255-56）

全体主義の恐怖を描いたこの作品は、ナチズムやユダヤ民族の迫害といったイメージとも結びつけられているが、実際にはトルコを初訪問したピンターが、クルド人の弾圧問題を意識し始めたことを直接的な契機として創作したものである（Baker, *Harold Pinter* 95）。ここで体制側の言語は山の民の弾圧の理由を決して明らかにせず、この種の論理を欠いた同語反復的な発話そのものが彼らを抑圧し、彼らのコミュニケーションを破壊する。言うまでもなく、言語とは個々の民族が持つ文化的アイデンティティの最も基礎的な部分であると同時に、人間を動物から区別する重要なコミュニケーション・ツールでもある。それゆえピンターがここで強調しているのは、自らの言語と文化的アイデンティティを守るための闘争に、完膚なきまでに敗れ去った山の民の悲劇に他ならないのである。

ピンターはホロコーストの生存者でも目撃者でもなかったが、ユダヤ系作家として、彼は真実を暴く可能性を秘めた犠牲者たちの「声」の重要性を強く意識していた。とりわけ彼が自身の政治的作品において問題視していたのは、真実の記憶を物語る犠牲者たちの声を完全に抑圧してしまう言語の暴力性に他ならなかった。この点で『山の言葉』における最も特筆すべき部分とは、獄中の老女が自分たちの言語の使用禁止を解かれたにもかかわらず、発話能力を取り戻すことができない場面である。コミュニケーション・ツールとしての言葉を喪失したこの人物は、自分の息子が何者なのかも認識できず、じっとしたまま彼の呼びかけに反応しない。

看守：そうだ、言うのを忘れてた。規則が変わったんだ。あんたの母親はものを言ってもよろしい。自分の言葉を使ってもよろしい。追って通知するまでは。
囚人：ものを言ってもいい？
看守：ああ。追って通知するまでは。新しい規則だ。
　間。
囚人：母さん、ものを言ってもいいんだよ。
　間。
母さん、話しかけてるんだよ、僕が。ね。ものを言ってもいいんだ、僕らは。僕に話しかけてもいいんだよ、僕らの言葉で。

彼女はじっとしている。
ものを言ってもいいんだよ。
間。
母さん。聞こえる？ 僕が話しかけてるんだよ、僕らの言葉で。
間。
聞こえるかい？
間。
僕らの言葉だよ。
間。
聞こえないのかい？ ねえ母さん。
彼女は反応しない。
母さん？ (*Four* 265-67)

この深刻なミスコミュニケーションの場面は、全体主義的な体制側の暴力的弾圧によって引き起こされたこの老女の精神的ショックが、恐らく彼女の過去の記憶を抹消ないし損傷させたということを暗示している。このようにピンター劇において強制指導型コミュニケーションは、人々の人間性を剥奪し、彼らの個人的記憶をある意味で「初期化」してしまう暴力的行為として捉えられているのである。
　これに対して、『誕生日パーティー』(*The Birthday Party*, 1957)や『温室』(*The Hothouse*, 1958; 1980)といったピンターの他の作品において、ミューラーの言う強制指導型コミュニケーションは「尋問」という、より極端で象徴的な形式で表象されている。そして重要なことに、こうした言語による暴力行為は最終的に言語そのもの、すなわち「声」の喪失をもたらすのである。例えば、『山の言葉』と同様にホロコーストを連想させる前者の舞台劇において、謎めいた組織――それはナチス・ドイツにおけるゲシュタポのイメージとも関係している――からの使者であるゴールドバーグとマキャンは、劇中でボールズ家に居候する主人公スタンリーを連れ戻すために彼を厳しく尋問する。嘘をつくなと強く命じながら、この二人組はスタンリーの眼鏡を奪い、彼に向かって次々と質問を繰り出す。真実を正直に告白するようスタンリーに強制する一方で、両者は相手に答えるための時間を敢えて与えず、彼を次第に追い詰めてゆく。

マキャン：なぜ組織から脱け出した？
ゴールドバーグ：お袋さんが何と言うかね、ウェバー？
マキャン：なぜ俺たちを裏切った？
ゴールドバーグ：お前は俺を傷つけたぞ、ウェバー。お前は下劣な仕打ちをしやがる。
マキャン：それは明々白々、過酷な事実だ。

ゴールドバーグ：こいつめ、一体自分を誰だと思っているんだ？
マキャン：貴様、一体自分を誰だと思ってる？
スタンリー：そんな、お門違いだ。
ゴールドバーグ：この家にはいつ来た？
スタンリー：去年。
ゴールドバーグ：どこから？
スタンリー：よそから。
ゴールドバーグ：なぜここに来たんだ？
スタンリー：足が痛んだから！
ゴールドバーグ：なぜここに腰を落ち着けた？
スタンリー：頭痛がしたから！
ゴールドバーグ：頭痛薬は飲んだか？　(*One* 42)

ここでマキャンやゴールドバーグが間髪入れずに浴びせかける質問のうち幾つかは、かつて彼らの「組織」から逃亡したとおぼしきスタンリーの過去を暗示する台詞であるが、最後の「頭痛薬は飲んだか？」というゴールドバーグの問いは、それ自体では重要な意味を持たない。彼らの尋問はこうして更に続くが、その後も「なぜ女房を殺した？」「なぜ名前を変えた？」といったシリアスな問いかけに混じって、一方では「なぜ鼻をほじる？」「何をパジャマとして着る？」「犬が束を向けば尻尾はどっちを向く？」「鶏？　卵？　どっちが先だ？」といった、極めてナンセンスな質問が時折挿入される(43-46)。そして延々と続いた尋問の挙句、スタンリーは文字通り人間性を喪失し、動物のような存在へと退行してしまう。次の第三章で詳述するが、スタンリーはここで突如発狂したかのように「うぉおおおおお！」と叫んだあと(46)、奪われた眼鏡を返してくれるように一度だけ頼んだ他は、全く言葉を発しない。そればかりか、彼は自身の「誕生日パーティー」の最中にルルという女性に獣の如く襲いかかるのである。翌朝、ゴールドバーグとマキャンに連れ去られていく直前のスタンリーは口を開くものの、ただ苦しそうに不気味な呻き声を漏らすことしかできない。ゴールドバーグとマキャンの言語行為によって自分自身の言葉を奪われたこの男は、最終的に人間性を喪失した動物的存在へと生まれ変わり、闇の世界へと消えていくのである。

　こうした例に示されている通り、『誕生日パーティー』のような芝居における尋問行為は、恐るべき事実を暴き出す可能性を秘めた犠牲者たちの「声」を意図的に抑圧している。更に、この作品の尋問者たちは、組織や体制の目的にとって不都合な記憶を隠蔽するためにコミュニケーションを破壊し、犠牲者たちを非人間的な存在に変えてしまおうと試みている。例えば、尋問のあとでゴールドバーグとマキャンはスタンリーに対して「お前は死んだ」と述べているが(46)、このことは彼が自らの過去を消去され、半ば動物的な「新たな人間」(75)として作り変えられてしまったことを暗示している。次の第三章で重点的に考察するように、ゴールドバーグとマキャンはそれぞれユダヤ人とアイルランド人という、ヨーロッパ史上において絶え間ない弾圧や苦難に晒されてきた民族の末裔である。そのため皮肉なことに、ここではそうした「声なき」人々——彼らの真の歴史や記録はしばしば修正主義者によって書き換えられ、抹消されてきた——の子孫が反対にスタンリーの「声」を奪い、彼の記憶とアイデンティティの両方を初期化してしまう。そしてもちろん、ここで言う「声」とは、第一章で指摘したようにハンナ・アーレントと(それを自著で引用した)ミューラーが、現実の「影響をその体験後にも生き残らせようと」する上で必要不可欠な要素として位置づけていた言語に他ならないのであり(Arendt, "Totalitarian Imperialism" 25)、ピンターはまさにその剥奪をドラマ化したと言えるのである。

ピンターの後年の政治劇『景気づけに一杯』(*One for the Road*, 1984)においても、尋問という形式を採った強制指導型コミュニケーションの例が見られる。ここでは「死を愛している」という監獄の尋問者ニコラスが、ジーラ、ニッキー、ヴィクターという三人の犠牲者たちを痛めつけてゆく。劇中で「この国を治めている人」と呼ばれる権力者の代理人として、所長のニコラスは反逆者たちを尋問する権限を委ねられているが、他方で彼自身もまた粛清の危機に怯えている。彼はヴィクターとの最初の出会いについてジーラを問い詰め、「いつだ?」や「なぜ?」と繰り返す(*Four* 237-40)。そして彼女が拷問を受けたあと、ニコラスは「何回強姦されたんだ?」と問いかける。ニコラスのこの残酷な質問の意図や、彼の属する政府自体の方針は曖昧に覆い隠されているものの、少なくともここで彼は暴力と言語行為の効力によって、犠牲者たちの言葉そのものを抑圧しているのである。終盤、彼は拷問によって舌を切断されたヴィクターに向かって次のように述べる——「どうしてた？　生きてたのか？」。続いて、上手く言葉を発することのできないヴィクターに対して「聞こえない」というフレーズを何度も反復することによって、彼の言語はこの声なき犠牲者に身体的かつ精神的な苦痛を与え続けるのである(243-45)。存在そのものを初期化され非人間化されたスタンリーとは異なり、ヴィクターはここで自身の人間性を辛うじて保っている。だが『誕生日パーティー』の犠牲者と同じく、彼は自身の内なる感情や思考を表現する手段としての「声」を殆ど奪い取られている。発声器官の一部である舌を文字通り身体から切除されたことによって、ヴィクターは権力側にとって不都合な過去である拷問の記憶を、もはや完全に再生し物語ることができないのである。

以上のように、ピンターはこれらの作品群において政府や特定の組織による犠牲者たちへの残虐行為を積極的に描いてきたが、他方で彼は幾つかの芝居の中で、強制指導型コミュニケーションが予期せず失敗に終わる場面をも提示している。例えば、「究極の恐怖に満ちた滑稽な芝居」と評される初期の重要作『料理昇降機』(*The Dumb Waiter*, 1957)において(Buck 47)、殺し屋のベンは部下であるガスに向かって、自身の習慣的な言語の用法を強要する。それというのも、この行為は彼にとって、手下を自らの支配下に置いておくのに必要な「正当性」を維持するための試みに違いないからである。

ベン：火を着けてこい。
ガス：何に火を着けるんだ。
ベン：やかんだ。
ガス：ガスだろ。
ベン：何だと。
ガス：ガスだろ。
ベン(目を半ば閉じて)：何のことだい、ガスだろうとは。
ガス：だって、そう言ってるんだろ。ガスに火を着けろって。
ベン(力を込めて)：俺が、やかんに火を着けてこいってことだ。
ガス：やかんに火が着けれられる訳ないよ。
ベン：言葉のあやだよ！　やかんに火を着ける。こいつは言葉のあやだ！
ガス：聞いたことがない。
ベン：やかんに火を着ける！　誰だって言ってる！　(*One* 125)

このあと、ベンはガスに向かって「一体どちらが兄貴分なんだ、俺とお前と」と凄み、相手の喉元を掴んで「やかんだよ！馬鹿野郎め！」と叫ぶ(126)。謎の組織の支配者の代理人として、ベンはターゲットの暗殺という任務を確実に実行するために、自身の部下であるガスを言語使用のレヴェルにおいてさえ従属させなければならない。だがゴールドバーグやマキャンの場合とは異なり、彼はガスを自らのコントロール下に置いておくことができない。それゆえこの芝居の最後では、「上着、チョッキ、ネクタイ。ベルト、ピストルをもう身に着けていない」ガスが、無防備な状態のままトイレから戻ってきたのと同時に、銃を持ったターゲット——あるいは両者を粛清するために組織から遣わされた第三の殺し屋——が現れるのである。このことはつまり、ガスのみならず上役のベンまでもが今や犠牲者となることを暗示しているのである(149)。

強制指導型コミュニケーションの試みが挫かれる様相を描いた作品群の中で、政治と記憶という主題に関して最も興味深い例は、ホロコーストの「イメージ」を題材にした晩年の舞台劇『灰から灰へ』(*Ashes to Ashes*, 1996)である。[4] これまで扱ってきた多くの作品群とは異なり、ここでピンターは権力を持った政府や組織、あるいはその代理人ではなく、デヴリンという名の一介の男性を正常なコミュニケーションを破綻させる主体として提示している。デヴリンは自身の妻であるレベッカから彼女の知られざる過去にまつわる情報を何とか引き出そうと試みつつ、次のように述べる——「僕の身になってみろ。聞かざるを得ないんだ。僕の知らないことが多過ぎる。何も知らないんだ、僕は……これについては一切。何にも。五里霧中だ」(*Four* 399)。だが一方で、トラウマ的な過去の記憶を抱えていると推察されるレベッカは、警察のサイレンの音に病的な魅力を感じ、それが鳴らないと不安感に駆られてしまうのだという。

もちろん、ローレンス・L・ランガーが論じているように、ホロコーストに代表される歴史上の残虐行為のイメージをフィクションとして表象することは、それが「想像不可能」で「同一化不可能」なものであるがゆえに非常な困難を伴う。彼は次のように書いている――「残虐の文学を貫く原理の一つは、ホロコーストに関する限りはしばしば想像力を凌駕してしまい、芸術家は記録しようとする経験にふさわしいイメージを喚起できなくなってしまったということである」。それゆえランガーによれば、作家たちはあまりに恐ろしい歴史的事実を文学作品として提出する際に、不可避的にこのジレンマに直面するのである[5](Langer 284)。またイタリアの哲学者ジョルジョ・アガンベンは、このことを次のように明確に要約している。

実際、一方では、収容所で起こったことは、生き残って証言する者たちにとってはかけがえのない真実であり、そうであるからには、決して忘れることのできないものである。が、他方では、この真実は、まさにそれ自体としては想像もできないものである。つまりは、その真実を構成する現実的諸要素には還元できないのだ。これ以上に真実なるものはないというくらいにリアルな真実。事実的諸要素を必然的に逸脱してしまっているほどのリアルさ。これがアウシュヴィッツのアポリアである。(アガンベン 九)

当然こうした指摘は、ユダヤ人でありながらアウシュヴィッツで起きた惨劇を直接的に体験したことのないピンターにも当てはまる。すなわち、ルートヴィヒ・ヴィトゲンシュタインのあまりに有名な表現を借りるならば、「語り得ないことについては、沈黙せねばならない」のである。そのため『灰から灰へ』という――その題名からしてユダヤ人たちの死を暗示させる――作品において、ピンターは絶滅収容所の光景を直接的に描くことはもちろんのこと、それに明確に言及することさえなかったのである。

そうした言語を絶する収容所の経験は、もちろんピンターにとって表象不可能なものであっただけではない。劇中のデヴリンにとっても、ホロコーストの最中に自身の妻レベッカとそれ以外の人々の身に実際に起きたとされる出来事を、想像することはできないのである。こうしたアポリアに対峙する上で、アウシュヴィッツ後の世界を生きる芸術家としてピンターが実践するのは、言語化・視覚化した瞬間に欺瞞となってしまう(到達不可能な)「真実」の表現を目指すことではなく、むしろ現実と記憶を巡るミクロ政治的な闘争を描き出すことに他ならなかった。それゆえ『灰から灰へ』で提示されるのは、デヴリンが正常なコミュニケーションを強制的に破綻させることによって、精神的な傷を負ったレベッカの経験と存在そのものを「所有」しようと試みる姿である。劇中でレベッカは、自身のかつての恋人が体制側のエージェントとしてホロコーストに加担していた可能性を曖昧に匂わせつつ、こう述べる――「その人が、プラットフォームを歩きながら、赤ちゃんを一人残らず奪い取っていったの、泣き叫んでる母親から」(*Four* 419)。自分がその「以前の恋人」よりも愛されていないのではないかと感じたデヴリンは、ここでレベッカの過去と存在を自分のものにするため、彼女の隠された記憶を共有しようとする。その後、彼は妻の元恋人がかつて彼女に命令したのと同じことをわざと反復し、彼女がその男に言っていたという言葉を強引に引き出そうと試みるのである。

デヴリン：俺の握りこぶしにキスしろ。
（彼女は動かない）
（彼はこぶしを開き、掌を彼女の口につける）
（彼女は動かない）
デヴリン：言うんだ。こう言うんだ。「手を首に回して」と。
（彼女は何も言わない）
手を首に回してくれって頼むんだ。
（彼女は何も言わず、身動きもしない）
（彼は手を彼女の首に回す。彼は穏やかに力を加える。彼女は頭をのけぞらせる）
（二人はじっとしている）（428）

デヴリンの「俺の握りこぶしにキスしろ」という台詞は、かつてレベッカの元恋人が彼女に向けて発した言葉――それは芝居の冒頭で彼女自身によって物語られている――と全く同様である。しかしながら、レベッカは自分がかつて恋人に向けて述べたとされる「手を首に回して」という言葉を決して夫に向けて発しないばかりか、彼の命令に従おうともしない。妻を自身の支配下に置こうとするデヴリンの行為遂行的な試みはこうして簡単に挫かれるが、他方でレベッカは夫の知らない自身の暗い過去の記憶を断片的に語り、自分がかつて絶滅収容所に関係する男と交際していたことや、駅のプラットフォームにて自分の赤ん坊がその男に奪い去られたことを独白するのである(429-33)。

ここで彼女が語る内容はあまりに曖昧模糊としているがゆえに、観客はそれを完全に信用することができない。ピンター自身はあるインタヴューにおいてレベッカが「実際に自分でそういう経験をした訳ではない」という風に作者としての私見を語っているが(*Various Voices* 246)、彼女のトラウマ的記憶が彼女自身の体験した出来事であるのか否かは、究極的には誰にも断定できない。しかしながら、少なくともレベッカの独白の曖昧性が、「語り得ないもの」について描写することの困難や不可能性に起因していることは確かであろう。レベッカが語った出来事が実際の経験であろうとなかろうと、ピンターによれば彼女は「他でもない、自分が生まれてきた世界のせいで、この世界で起こったありとあらゆる惨事のせいで、精神の平衡を失っている」。そしてここで作家本人は次のようにコメントしている——「私自身、こういう惨事のイメージによって長年悩まされてきましたし、これは決して私一人の経験ではないと考えています」。彼は更に続ける。

私が大きくなったのは第二次世界大戦の時期でした。戦争が終わったのは、私が十五歳の頃でした。色々な話を聞いて、それらを繋ぎ合わせることはできましたから、結果として、暴虐行為や、人間が人間に対して行う非人道的行為のイメージは、少年だった私に強烈な印象を与えたのです。それは私に生涯つきまとってきたとさえ言えます。それを避けることはできません——なぜなら、それは二十四時間、私たちの周りにあるからです。これが『灰から灰へ』が伝えようとしている点です。(246)

ミューラーが強制指導型コミュニケーションと呼んだもの——そして記憶の政治学——に関するこの芝居において、重要なのはレベッカの語りの信頼性でも、彼女の個人的トラウマの内容そのものでもない。むしろ、ピンターがここで主に照準を合わせているのは、われわれ自身の過去や歴史、あるいはわれわれ自身の集合的かつトラウマ的な記憶に関する諸問題に他ならない。

事実、先のインタヴューにおいてピンターは「『灰から灰へ』という劇で、ただナチのことだけを問題にしているのではありません」と断言している。ピンターによれば彼が「問題にしているのは、私たち自身、私たちの過去や歴史についての私たちの概念、そしてそれが現在の私たちにどう作用するかといったこと」であった(248)。既に述べたように、この作品終盤の場面において、デヴリンは結局のところレベッカの存在を「所有」することはできなかった。のみならず、彼は妻の痛みに満ちた過去の記憶を彼女と共有することに実質的に失敗している。しかしながら、レベッカの独白は彼女の個人的記憶の再現としてだけではなく、むしろ歴史上のトラウマに対するわれわれ読者/観客の集合的記憶を象徴的に体現した語りの一種として解釈することが可能である。それゆえ、『灰から灰へ』におけるこの曖昧で不明瞭な幕切れは、以下のことを端的に暗示していると言える。すなわち、デヴリンはレベッカのみならず——絶滅収容所という権力側の代理人である——彼女の元恋人の影に敗北したのであり、後者はわれわれの集合的かつトラウマ的な記憶、あるいは恐るべき過去に関する彼女の個人的な回想の中で未だに生き続けているのである。

われわれは、初期の『誕生日パーティー』から晩年の『灰から灰へ』に至るピンターの極めて政治的な作品群を見てきたが、ここで興味深いのは、強制指導型コミュニケーションが描かれた彼のこうしたテクストが、主として劇場というライヴ性のメディアに向けて執筆されたものであるという事実である。もちろん、ピンターは多くの芝居や脚本をテレビやラジオ、映画といったより大規模なメディアのために書いてきたが、彼は自身の最もラディカルで論争的な作品群が上演される場所として劇場の舞台を選んだのである。この点に関連して、『灰から灰へ』について語った一九九六年のインタヴューにおいて彼は、「私の戯曲は政治についての議論ではありません。私の戯曲は生き物なのです」と述べた上で、こう主張している。

> 私は非常に直感的な作家です。計算ずくの目的や意図などは持っていません。気がついたら私は何かを書いているのであって、この何かは自らの道を進んでいくのです。そしてこの道には、ややもすると何らかの暴力行為が含まれがちです。それが私が生きている世界であるからです。あなた方もそんな世界で生きているのです。(*Various Voices* 241)

戦争の暴力やアウシュヴィッツ後の世界における記憶の政治学を暗に反映したピンターの演劇作品は、言うまでもなく特定の偏狭なイデオロギーや説教臭さとは無縁である。だが、ユダヤ系作家として自分たちが「生きている世界」の問題に対して常に意識的であったピンターにとって、死や暴力について書くことは、それがたとえ「直感」に基づくものであっても、極めて自然な行為であった。加えて、彼自身が「疎開者たち」("Evacuees", 1968)と題された初期のインタヴューで語っているところによれば、政治的闘争に関するピンターの芝居で強調されているのは「現実性」に他ならなかった——「一見すると慣れないものに思えるかもしれませんが、自分の演劇で起こることは、いつでもどこでも、どんな場所においても起こりうる可能性があると私は確信しています」(11)。ライヴ性と視覚性のメディアである劇場は、「生き物」と形容される彼の一連のラディカルな作品群——それらは政治的であると同時に普遍的なものである——にとって最適な空間であった。ピンターは役者としての舞台経験が自身の創作に影響を与えたことを認めていたが(9)、彼はまた劇場の持つ本質的な力をもよく理解していたのである。

先に挙げた一九九六年のインタヴューにおいて、ピンターは「芝居はまた冒険に通じます。芝居は用心深く行われる行為ではない、それは非常に危険な行為なのです」と述べているが(244-45)、この発言は劇場という空間に固有の特色を端的に説明しているとも言える。要するに、記録メディアの場合とは異なり、劇場では役者たちがそれぞれの役柄をライヴ・パフォーマンスとして演じるため、演技者と観客の双方にとって予想もしないことが起こる余地があるのである。つまり、劇場空間とはある種の緊張や、ヴァルター・ベンヤミンが「アウラ」と呼んだものに満ちた場所なのであり、ピンターにとってそうした空間における危険な「冒険」とは、強制指導型コミュニケーションを扱った彼の最もラディカルな作品群――あるいは、いつどのような場所においても「起こりうる」可能性を描いた政治的な芝居――を上演する上で、まさに必要不可欠な要素だったのである。

2　対話の不在――環境制約型コミュニケーション

ピンター劇において、ミューラーの提唱した第二類型である「環境制約型コミュニケーション」は、政治的に意図されたものとして表象されている訳ではない。それはむしろ人々のミクロ政治的ないし精神的な闘争や不和の過程で、プロットの表層的なレヴェルに表出するのである。それゆえ、ピンター作品においてこの類型は明確な意味を持った対話の不在、もしくは彼らの間のコミュニケーションの断絶として定義されるべきであろう。ミューラーが論じているように、対話やインタラクションの不在は概して「個人や集団の政治的コミュニケーションに携わる能力が制約されている場合」に生じるものであり、その原因は「本人の言語環境[中略]の性質に求められるもので、あからさまな政治的干渉にあるのではない」(Mueller 19)。

だが、ミューラーがあくまで社会階級やコミュニティーにおける言語使用の差異といったマクロ的側面に焦点を絞っているのと対照的に、劇作家であるピンターは作品内で闘争の様々な原因を提示することによって、この種の歪曲されたコミュニケーションの領域を拡張していると言える。例えば、中期の代表作『背信』(*Betrayal*, 1978)や後期のラジオ劇『家族の声』(*Family Voices*, 1980)といったテクストにおいて、人々の間のコミュニケーションの欠如は主として彼らの精神的ないし地理的な孤立によって引き起こされている。また初期の出世作『管理人』(*The Caretaker*, 1959)では、主人公の一人アストンの脳疾患という身体的要素が登場人物間のコミュニケーションを事実上阻害している。劇中でロボトミーとおぼしき過去の手術の後遺症により脳の働きの一部を喪失したアストンは、自分の考えをまとめることに非常な困難を感じている。そのため、アストンと知り合った浮浪者風の男デイヴィーズは彼の考えを理解することができず、「とにかく分からないんだ、あの男のことが」と嘆く。デイヴィーズはそれについて不満げにこう語っている――「二週間ほど前だ……あいつはそこに座って長い話をした……二週間ほど前さ。長い話でね、それからあと、殆ど一言も口を利かない。長い話をしておいて……一体どういうのかな……こっちを見てもいなかった、こっちに向かって話すというんじゃない、どうでもいいんだ、あたしのことなど。ただ独り言を言っていた！」(*Two* 57-58)

これらに加えて、ピンターはまた自身の重要なテーマである「記憶」をこの種のミスコミュニケーションの要因として描き出している。例えば、初期の『夜遊び』(*A Night Out*, 1959)や『帰郷』(*The Homecoming*, 1964)においては、美化された過去の記憶に固執する老年世代と、そうした古い束縛から逃れようとする若い世代の間の相互理解の困難さというモティーフが前景化されている。また、ここでは詳しく扱わないが、『景色』(*Landscape*, 1967)や『沈黙』(*Silence*, 1968)といったそれ以降の幾つかの小品は、記憶の不安定性や相対性を対話及びインタラクションの不在の原因として描いている。例えば、小説的な「意識の流れ」を模倣した舞台劇である後者において(Morrison 138-39)、登場人物間の会話はあまりに断片的で錯綜しているため、芝居のプロットそのものが無効化している。

エレン：私は風の中を歩いていって、じっと待ってるあの人たちに出くわす。
(沈黙)
ベイツ：眠っているのか？ 優しく愛し合ってるのか？ どうだっていい。
エレン：その目にキスして言うんだ。
(沈黙)
ラムジー：私の散歩の
(沈黙)
ベイツ：バスで町へ
(沈黙)
エレン：もちろんよ。結婚式をよく覚えてるわ。
(沈黙)

ラムジー‥私の散歩の相手の女の子は散歩のときには灰色のブラウスを
ベイツ‥バスで町へ行った。人が出てた。広場の周りに灯りが着いてて
(長い沈黙)(*Three* 208-09)

『沈黙』や先に挙げた芝居の登場人物たちはいずれも、自己の記憶を他者と共有することや、自分のことを他人に理解してもらうことに常に失敗している。彼らが無意識的に織りなす曖昧で首尾一貫しない言語はしばしば重要な情報を欠いており、意図しないコミュニケーションの歪曲をもたらす。換言するならば、たとえそれがどのように描写されていようとも、観客や舞台上の他の登場人物たちは彼らの物語る過去の出来事を完全には理解することができない。それゆえに彼らの用いる不明瞭な言語は、個人間の適切なコミュニケーションを破壊する上で、それ自体曖昧である記憶というその内容とまさに共犯関係を結んでいると言えるのである。

記憶によって引き起こされる環境制約型コミュニケーションの最も顕著な例は、ほぼ同時期に執筆されたラジオ劇『ヴィクトリア駅』(*Victoria Station*, 1982)と舞台劇『いわばアラスカ』(*A Kind of Alaska*, 1982)である。両作品の登場人物たちは、現実世界ではなく自らの記憶の中にのみ生きているため、他者と正常にコミュニケーションを遂行することができない。例えば前者において、精神の安定を失っていると思われるタクシー運転手は、具体的な情報の著しく欠如した言語を用いながら、オフィスにいる指令係と無線通信で奇妙なやり取りをする。二七四号の運転手は自分がどこに

いるのかを明確に伝達しないばかりか、驚くべきことにロンドン最大規模のターミナルであるヴィクトリア駅を知らないと答える。そして会話が成り立たないことに対する指令係の苛立ちや激高をよそに、この運転手はもはや地上に存在しない「水晶宮」が見えると話す。一八五一年の第一回万国博覧会の会場として知られるこの巨大な建造物は一九三六年の火災によって永遠に失われたが、こうした歴史的事実にもかかわらず、彼は「どうも見覚えがある場所だと思った」と言うのである（*Four* 203）。このいかにも不条理演劇的な作品において、ピンターは主人公の運転手が精神的な問題を抱えているという可能性のみならず、彼が自身の歪んだ記憶、あるいは歴史という集合的記憶そのものが大幅に書き換えられ「修正」された別世界に生きているという可能性をも見事に暗示している。

これに対して後者の『いわばアラスカ』は、突然の気絶から二十九年間にわたり病床で昏睡状態にあった女性デボラが、新薬の力で奇跡的に意識を回復するという物語である。劇的に変わってしまった状況を受け入れられない彼女は、医師や自分を看病し続けてくれた妹のポーリーンとも正常にコミュニケーションを取ることができない。自分が未だ十五歳であると思い込んでいるデボラは、遥か昔に死亡した母親を呼び、当時のボーイ・フレンドの名前に言及する。「戦争はまだ終わったままでしょうね？」というような（*Four* 174）、無垢でありながら時代錯誤的なデボラの発言は哀れでさえあるが、彼女は「ポーリーンの乳房を見つめ、それから不意に自分の乳房を見下」したことを契機として、自分が既に中年であることを悟る（181）。受け入れ難い現実を前にしたデボラは、自分の身に起きたことを次第に理解し始め、成人女性としての自己のアイデンティティを再構築する。『ヴィクトリア駅』の運転手が半ば夢のような歪んだ記憶の世界に生きていたのとは対照的に、この作品において描かれているのは、デボラが自身の少女時代の美しい記憶や、家族と共に暮らした幸せな過去の思い出を放棄することと引き換えに、少しずつ他者との正常なコミュニケーションを回復していく痛みに満ちた過程に他ならないのである。

『ヴィクトリア駅』と『いわばアラスカ』の主人公たちにとって、記憶とは概して彼ら自身のアイデンティティや存在を保証する必要不可欠な要素である。だが他方で、ナチズムとホロコーストに関する芝居である『灰から灰へ』に見られるように、ピンターの登場人物たちの中には自らの記憶をむしろトラウマ的なものとして捉えている者もいれば、己のアイデンティティを守るためにそれを意図的に抑圧しようと試みる者もいる。後者の典型的かつ最初期の例は、処女作『部屋』(*The Room*, 1957)の主人公ローズである。この芝居は夫と共に新しいアパートに引っ越してきたこのローズと、夫婦の住む「テリトリー」を侵害しにやって来る外部の訪問者たちとの間のミクロ政治的な争いとミスコミュニケーションを活写した作品である。この中でピンターはローズの「部屋」という場所を一種の象徴的なシェルターとして提示しているが、それは自己のアイデンティティを脅かす「語り得ない」記憶から彼女の存在そのものを守ってくれるものなのである。

第一章でも確認した通り、『部屋』はホロコーストのイメージと密接に連関した芝居である(Gale, *Butter's Going Up* 18)。また、ピンターのように第二次世界大戦を経験したユダヤ人たちにとって、ここで言う「語り得ないもの」とは、当然のことながら彼らの同胞たちの身に起きたこの最大の悲劇に他ならなかった。もちろん、先述したように英国で生まれ育ったピンターは「アウシュヴィッツのアポリア」を深く理解しており、自作において絶滅収容所の惨劇を視覚化することはなかった。そのため、彼はこの歴史的事件の残酷性を直接的に描き出す代わりに、自身の最初の作品『部屋』において、主人公ローズのアイデンティティを絶え間なく脅かすトラウマ的記憶の存在を、極めて曖昧な形で仄めかしているのである。ジョージ・ウェルワースが指摘しているように、ローズは自身の部屋の中にいるときにだけ精神的な安心感を得ることができるが、それは「外部には得体の知れない勢力しかいないが、内部は暖かくて明るい」からである（Wellwarth 198）。劇中でローズは己の過去や生い立ちを全く明らかにしないが、彼女はこの部屋の中にとどまっている限り、抑圧された忌まわしい記憶をもたらすかもしれない「誰か」から自分が保護されていると考えている。それゆえ潜在的な脅威を排除してくれる自身のシェルターを維持するために、彼女は「空いている」部屋を探しに来たサンズ夫妻や、その部屋の元住人であると語る大家のキッド氏といった「侵入者」たちと争わなくてはならないのである。だが自分のテリトリーを喪失する危機に直面したローズは、物語の途中で異常なほどに憤激し、次の引用のように、他の登場人物たちとまともなコミュニケーションを交わすことができなくなってしまう。

ローズ：（立ち上がって）キッドさん！あなたに会おうと思ってたんです。お話ししたいことがあって。
キッド氏：ねえ、ハッドさん、話したいことがあってね。わざわざやって来たんだ。
ローズ：ついさっき、人が二人ここへ来たんです。この部屋がもうすぐ空くはずだって言うんですよ。何の話でしょう、一体？
キッド氏：トラックが出ていくのを聞いて、すぐここへ来ることにしました。私はもう参ってるんだ。
ローズ：どうしたっていうのかしら。お会いになった、あの人たちに？　この部屋が空くだなんて、馬鹿な。ちゃんと塞がってますよ。あの人たち、あなたのところに行きました？
キッド氏：私のところへ来るって、誰が？
ローズ：言ったでしょ。人が二人ですよ。家主を探してるって言ってました。
キッド氏：いいですか。トラックが出ていくのを聞いて、すぐにここへ来ることにしたんだ。
（*One* 103）

この芝居において、ローズの部屋は彼女を過去の「語り得ない」トラウマ的記憶から守る、いわば彼女の身体の拡張として表象されている。マーシャル・マクルーハンは有名な『メディア論——人間の拡張の諸相』(*Understanding Media: The Extensions of Man*, 1964)において、住居を人間の「肉体の体温調節メカニズム」を拡張したものとして定義していたが(McLuhan 134)、ローズはまさにこの部屋を「暖かさ」を保ってくれる自身の皮膚の拡張として捉えている。実際、彼女は劇中で「きっと外はとても寒いわ」、「でも、この部屋は暖かい。地下室よりはましよ、とにかく」と発言している(*One* 85)。しかしながら、最後の場面では謎めいた訪問者である黒人の男が、突如として彼女の拡張された「皮膚」を突き破り、「あんたのお父さんが帰ってこいと言ってる」というメッセージと共に、この部屋に現れる。その後、彼はローズを「サル」と呼び始めるが、それはどうやら彼女にとって過去の暗い記憶を想起させる名前のようである。ローズは何度も「そんな名で呼ばないで」と繰り返すが、最終的に彼女は「両手で彼の両目、後頭部、そしてこめかみに触れる」。このことは無論、黒人の侵入者とのミクロ政治的な闘争において、彼女が全面的に敗北したことを意味している。物語の最後に、この男はローズの夫によって文字通り撃退されるものの、彼女は突然失明しただけでなく、同時に自身の身体の拡張物としての部屋＝シェルターの所有権をも喪失してしまうのである(108-10)。

恐らくホロコーストへの恐怖を反映しているであろう『部屋』という芝居において、ローズは忌々しい過去の記憶――劇中でその内実は決して明らかにされない――という脅威から自己のアイデンティティを保護してくれる「部屋」を奪われる。ピンターは、アイデンティティの不安定性という主題を『ナイト・スクール』(*Night School*, 1960)や『恋人』(*The Lover*, 1962)といった他の初期作品群でも探求しているが、ここで興味深いのは、ローズだけでなく、他者とのコミュニケーションに問題を抱える彼の後年の登場人物たちの多くが、自分たちの壊れやすいアイデンティティを守るために「テリトリー」や「場所」といったものに異常に固執しているという点である。例えば、ラジオ劇『かすかな痛み』(*A Slight Ache*, 1958)のエドワードは自宅の庭に年老いたマッチ売りが現れると激しく怒り、この場所が自身の所有物であることを強調しつつ、侵入者に強く抗議する——「ここは俺の家だというのに。あれは俺の門だというのに」(*One* 159-60)。更に、L・A・C・ドブレッツによれば『小人たち』(*The Dwarfs*, 1960)の主人公レンは、「彼の部屋が実質的に自分自身の拡張である」と考えている。レンは彼が「王国」と呼ぶこの場所にあまりに強く結びついているため、「部屋を離れることやそれを失うことは、単に感情的な危機や所有権の危機をもたらすだけでなく、自己の完全な喪失を引き起こしてしまう」(Dobrez 319)。加えて、『ティー・パーティー』(*Tea Party*, 1964)において企業の社長であるディソンという登場人物は、自らの視力を喪失していくに従って経営やコミュニケーションの現場から次第に排除されてゆく。そしてティー・パーティーの最中に、彼は椅子に座ったまま突如として床に倒れてしまう。人々は「ディソンを椅子から引き起こそうとする」が、彼はまるでそれに「縛りつけられて」いるように固まっている(*Three* 138-40)。ここで社長室の椅子と融合したディソンの身体が示しているのは、有能な経営者としての彼のアイデンティティがこの権力を象徴する小さな「場所」と分かち難く結びついているという事実である。

ここに挙げた作品群と同様のことは、後期の『月光』(*Moonlight*, 1993)にも見られる。この舞台劇において、遠い昔に実家を飛び出した息子フレッドは自宅のベッドに寝たきりの状態である。その若さや身体的健康にもかかわらず、彼はこの芝居を通して常に殆どの時間をベッドで過ごしている。フレッドは兄弟であるジェイクに対して「ベッドに入ってる方がずっといい」と述べた上で、更にこう続ける――「ベッドで寝たきりが俺には合ってるんだ。冗談じゃないよ、ベッドをで出て、外へ出て、知らない人に逢ったりとかそういうのは。ほんと、このまま自分のベッドにいる方がずっといいんだ」(*Four* 364)。フレッドの身体とアイデンティティは自室のベッドという場所と不可分に結びついており、それゆえかつて両親を捨てた彼は、自身を憎みながら死んでいく父親とのコミュニケーションを、最後まで回復することができないのである。

マクルーハンとブルース・R・パワーズによると、「私たちは、自分たち自身の一部を、何がしか強度を高めて機能させるために、環境の中に拡張し[中略]、その後、その機能を巡る闘争の方法を発見する」[6](Mcluhan and Powers 144)。このことは本節で扱ったピンター劇の登場人物たちにも当てはまる。事実、自身の拡張された身体や皮膚――それらは外的世界の脅威から不安定なアイデンティティを保護してくれる――に全面的に依存している彼らは、劇中で他者とのコミュニケーションを意図せず断絶させてしまったり、あるいはいつの間にか他者と熾烈な闘争を繰り広げたりするのである。

しかし興味深いことに、デビュー作『部屋』において、ローズの部屋が彼女のトラウマ的な記憶に対する一種のシェルターとして提示されていたのと対照的に、ピンターの最後の本格的なオリジナル作品である『祝宴』(*Celebration*, 1999)では、こうしたテリトリーないし場所はもはや登場人物を無条件には守ってくれない[7]。ここで、ある登場人物は自身の場所と記憶の両方にあまりに強く結びつけられているため、他者との適切なコミュニケーションを遂行できないばかりか、過去の束縛からも自由になることができないのである。高級レストランにおけるスタッフと下品な成金の客たちとのやり取りを風刺的に描写したこの作品の中で、ピンターは給仕の男の過去の記憶に対する執着を、彼の「場所」に対する執着とパラレルに描いている。実際この給仕にとって、そのレストランとはまさに「子宮のようなもの」であった。給仕は「私はこのまま子宮の中にいたいんです。生まれてしまうより、ずっといいんです」と述べているが(*Four* 469)、他方で彼は次のようにも語っている。

祖父は私に人生の秘密を教えてくれました、そして私は今もそれに取りつかれています。抜け出す出口が見つからないんです。祖父はそこから抜け出しました。上手く抜け出してしまいました。それをあとにして、決して振り返ったりはしませんでした。(508)

給仕は自身の祖父の思い出に固執しているが、不運にも彼は置き去りにされ、この「子宮」の中にとどまることを強いられている。この登場人物は、レストランという己のテリトリーに閉じこもっていることで精神の平静を保つことができるが、他方で彼は自分がそこに囚われており、そこから出ることができないと感じているのである。

だがここで更に重要なのは、彼が祖父から語られたという過去の思い出やエピソードのほとんどすべてが、どうやら事実ではなく単なる嘘――すなわち「修正」された歴史や記憶――に他ならないという点である。この給仕によれば、「一九一〇年代、二〇年代、三〇年代の知的・文学的生活の中心にしっかり位置を占めていた」彼の祖父は、「ジェイムズ・ジョイスの教父」だった(*Four* 467-68)。それだけでなく、給仕の男は自分の祖父がヴァージニア・ウルフ、トマス・ハーディ、アーネスト・ヘミングウェイ、ウィリアム・フォークナーといった錚々たる顔ぶれの文学者たちの他、各界の様々な名士やセレブリティと親しい友人であったと自慢げに話す。例えば彼は次のように述べている。

祖父は大公ご自身の無二の親友で、一度、ベニート・ムッソリーニと一緒にお茶を飲んだことがあります。みんなでポーカーをやりましたが、仲間の一人はウィンストン・チャーチルでした。[中略]仲間と一緒にいるのが大好きでした。例えば、W・B・イェイツ、T・S・エリオット、イゴール・ストラヴィンスキー、ピカソ、エズラ・パウンド、ベルヘルト・ブレヒト、ドン・ブラッドマン、ベヴァリー・シスターズ、インクスポッツ、フランツ・カフカ、それにスリー・ストゥージーズ。祖父はこういう人たちを知ってたんです。(501-02)

ここから明らかなように、給仕の祖父が彼に教えたという「人生の秘密」は、(恐らくは単なる法螺吹きによる)現実の歪曲に他ならない。給仕の記憶はこうした祖父自身の虚言に基づいているため、彼にはこの捏造された過去を「子宮」という自身の安全な場所から、絶え間なく再生し続けることしかできない。しかしながら、レストランの客たちは彼の語りを全く無視するばかりか、それを理解しようとさえしないのである。全ての客たちが帰ったあと、誰もいない舞台の真ん中で給仕は、自分の祖父がしたことが「完全に正しかったのです」と断言する。その後、(誰も座っていない椅子に向けてひたすら話し続ける記憶劇『独白』(*Monologue*, 1972)の主人公さながらに)彼は「で、私はもう一度、ちょっとお話をしたいんです」と独りきりで述べる(508)。このことが暗示しているのは、彼がそもそもコミュニケーションの相手など全く必要としていないということである。まさにプログラムされた機械のように、彼は如何なる反応も見せない客たちや無人の空間に向けて、これからも半永久的にこの歪曲された歴史を物語り続けるのであり、それゆえいつまで経っても自身が「子宮」と呼ぶ場所から、抜け出すことができないのである。

ロバート・イーグルストンが『ホロコーストとポストモダン』(*The Holocaust and The Postmodern*, 2004)で考察している通り、記憶とは「公的なものと私的なもの」や「歴史的事実とフィクション」といった、互いに異なってはいるが関連し合った領域の間を横断するものである(Eaglestone, *The Holocaust and the Postmoder* 79)。記憶をこの種の交点として哲学的に分析したイーグルストンと同様に、芸術家としてのピンターは記憶の力学が――たとえ無意識的なものであっても――政治的なものと非政治的なもの、あるいは現実と空想の間の境界線を侵犯するということを、恐らくは理解していた。実際に『祝宴』においては、過去を文字通り「作り変える」給仕の言葉は決して何らかの政治的意図に基づいているのではない。それというのも、この男は単に自分がかつて祖父から聞いた話を、個人的に再生しているに過ぎないからである。にもかかわらず、ピンターの作品がホロコースト以降の世界における記憶の政治学を反映していたという可能性を考慮に入れるならば、言語によってもたらされるミスコミュニケーション――もしくは、給仕と客との間の意味のある対話の不在――は、全く意図しない形で政治的に機能していると言える。要するに、ピンターが描く環境制約型コミュニケーションはまさに完全な無意識のうちに、歴史修正主義や現実の相対性を乗り越える可能性を破壊する役割を果たしているのである。

処女作『部屋』と最後の本格的なオリジナル作品である『祝宴』を含むピンターの多くの芝居は、広義の「ポスト・ホロコースト・フィクション」として定義できるだろう。それは当然、彼の作品が記憶の政治学、心身に対するトラウマの影響、あるいは非意図的な現実の歪曲やコミュニケーションの不在といった二十世紀の様々な問題を暗に扱っているからである。だがイーグルストンによれば、「〈記憶の器〉となるのはフィクションというよりも証言報告であり、ゆえにホロコースト・フィクションはある意味で副次的なものだ」。それというのも、「証言とは異なりフィクションにおいては、同一化がより簡単に実現してしまうからである」(8)(131-32)。しかしながらピンターの作品群は、もちろんアウシュヴィッツにおける実体験に関する証言の供述でも、絶滅収容所における残虐行為と直接的に同一化されるような種類のフィクションでもなかった。言語と政治、そして記憶の関係を探究した『部屋』や『祝宴』などのテクストにおいて、ピンターはむしろ登場人物たちの存在やアイデンティティを脅かす「語り得ない」トラウマの存在を敢えて暗示的に強調したばかりか、相対主義や修正主義を克服するためのコミュニケーションの可能性が、まさに非政治的な形で打ち砕かれる様相をも戦略的に物語化したのである。恐らくピンターにとってそれは、非政治的であるがゆえにひたすら政治的であるという、逆説的な記憶の政治学だったのである。

3　見えない現実——管理抑制型コミュニケーション

われわれは最後に、ミューラーの第三類型である「管理抑制型コミュニケーション」に着目するが、彼によればこれは「自分たちの利益を優先させようとして、私的集団や政府機関が、公的コミュニケーションに手を加えたり、制限を加えたりすることができた場合のコミュニケーション」を指す(Mueller 19)。ミューラーは更にこう書いている——「マス・メディアによる情報伝達を分析すれば、言語がコミュニケーションの障害となりうることを立証できる」(95)。晩年のノーベル文学賞の受賞講演において、ピンターは政治活動家としてまさにこうした行為を痛烈に非難している。彼はここでアメリカが引き起こした全世界における無数の「死」を糾弾しつつ[9]、次のように問いかけている。

これらの国々では、何十万もの人々が死にました。本当に死んだのでしょうか？　そしてそれは全てアメリカの外交政策のせいだったのでしょうか？　答えはそう、人々は本当に死んだ、そしてそれはアメリカの外交政策のせいだというものです。しかし、そうは見えないのです。そんなことは起こらなかった、何も起こりはしなかったのです。実際に起こっていたときにも、それは起こっていなかったのです。それはどうでもよかったし、興味の持てるものでもありませんでした。（*Various Voices* 293）

ピンターがここで念頭に置いているのは、現実を歪曲し隠蔽するアメリカのマス・メディアである。だがもちろん彼の芝居において、この種の正常なコミュニケーションの破壊は必ずしも政府や政党、大企業、そしてメディアといった強大な組織によって引き起こされる訳ではない。ピンターはミューラーと同じく、こうした歪曲されたコミュニケーションを表象するに当たって常に言語の政治的な機能にフォーカスしていたが、前者が劇中で扱うのは、後者の言う「公的コミュニケーション」の歪曲ではなく、あくまで私的領域におけるミスコミュニケーションである。そこで本節では、ミューラーの定義からは少し距離を置きつつ、ピンターが政治活動家として問題視していた管理抑制型コミュニケーションのあり方を、彼が劇作家としての自身のテクストにおいて、どのように発展させたのかを中心に考察していきたい。ミューラーの社会学をより基礎的な問題へと一般化しているかのように、ピンターはポスト・ホロコースト時代における記憶の政治学を反映したミクロの政治的闘争を描き出そうとした。言い換えれば、修正主義と戦うフランスの歴史家ピエール・ヴィダル＝ナケが「記憶の暗殺者たち」と呼んだものに対して、ピンターの作品は非直接的なあり方で抵抗していたのである。

　ピンターは映画からラジオに至る多様なメディアに向けて芝居や脚本を書いたが、この種の歪曲したコミュニケーションを扱った作品群は——第一節で論じた政治的作品群と同じく——多くの場合、劇場という生身のライヴ性と視覚性の空間と強い親和性を持っていた。こうした芝居において、登場人物たちの言語は極めて曖昧であるがゆえ、劇場の観客は「見えない現実」——すなわち、劇中人物たちの過去の記憶や、舞台上から遠く離れたどこかで今まさに「起こっている」とされる出来事——が、それを描写する彼らの台詞によって歪曲されていたり、でっち上げられたりしている可能性を否定することができない。ロナルド・ヘイマンが書いているように、「ピンターのキャラクターはどれも、（彼らが歪曲する傾向がある）彼らの過去の経歴、（彼らが不正確に表現する傾向のある）彼らの社会的位置づけ、彼らの（一貫性のない）態度、または（めったに描写されることのない）彼らの身体的外見によっては、明らかにされることがないのである」。ヘイマンは続けて指摘する——「概して、われわれは自ら見聞きすることを除いて、彼らについて何一つ知りはしない。そして彼らの発言はしばしば自己矛盾に陥っており、一貫していないのだ」（Hayman 16）。このように、ピンター劇における「見えない現実」の真偽を観客が判断し得ないのは、それが情報を欠いた曖昧な言説によってのみ提示されるからであり、また人々がそれを直接的に知覚することができないからである。「そんなことは起こらなかった、何も起こりはしなかったのです」というノーベル賞講演におけるピンター自身の発言は、このように彼の作品を特徴づける重要な側面とシンクロしているのである。

詩や小説の読者とは異なり、劇場の観客は、劇中人物の身なりや情景に関するテクスト上の文字情報――すなわちト書き――を、自身の内面で視覚イメージに変換し、再構築する必要がない（それを具現化するのは演出家たちの役割である）。加えて、テレビや映画の視聴者とも異なり、劇場において人々は、生身の役者たちが提供する視覚情報を、目の前で直接的に知覚することができる。そのため観客は多くの場合、その場で繰り広げられていることをフィクションや演劇世界の枠内で「現実」として認識する。無論、例えば伝統的なエリザベス朝演劇においては、劇場に屋根や照明などが備わっていなかったため、観客が実際に見ることのできない天候の変化などは、役者の演じる登場人物の台詞によってのみ表現されていた。にもかかわらず、彼らの台詞の真実性を疑問視する者など誰もいなかった。これはつまり、シェイクスピアやその他の劇作家の生み出した言語が、舞台上のセットや小道具、役者たちのジェスチャーと同じレヴェルにおいて信頼できるものとしてみなされていたからに他ならない。だがピンターの不条理劇においては、音声メディアとしての言語は舞台上の視覚的な事物からは厳密に区別されている。登場人物の物語る曖昧な言語によって提供される聴覚情報は不可視であるがゆえに、われわれは舞台の背後にあるかもしれない「見えない現実」の存在を常に疑わなくてはならないのである。グィド・アルマンシとサイモン・ヘンダーソンが言うように、確かにピンターは幾つかの点では伝統的な書き手であったが（Almansi & Henderson 14）、彼は演劇的伝統における視覚的要素の特権性を逆手に取った上で、歪曲されたコミュニケーションを表象したという点で卓越していたのである。

ピンター劇における政治と「見えない現実」、あるいは「見えない記憶」との関係性を考察するに先立って、まずは彼の最も露骨に政治的な作品の一つである『パーティーの時間』(*Party Time*, 1991)を採り上げてみたい。この芝居は管理抑制型コミュニケーションの典型的な実例であるばかりか、現在進行形で起こっている「見えない現実」を最も分かり易い形で提示した作品でもある。ギャヴィンと呼ばれる権力者の私邸で催された盛大なパーティーの最中、その「外部」では恐ろしい政治弾圧が巻き起こっているらしい。そしてピンター自身が認めているように、「街頭で起こっていること、弾圧行為は、実はこのアパートの部屋にいる人たちによって組織されたもの」である。しかしながら、「この部屋の人々はもちろんそれを話題にすること」はないし(*Various Voices* 239)、劇場の観客もそれを直接見ることはできない。この芝居において、屋敷の外部で今まさに起こっているであろうことは、どうやら主にギャヴィンという野心的な権力者の手によって引き起こされているらしい。街全体の支配権を誇示し、通りで行われている悪夢のような弾圧を正当化しつつ、彼は今夜「正常な業務」を再開させるための「一斉検挙」があったこと、そしてそれによって「交通上の問題」が生じているとスピーチの中で述べている(*Four* 312-13)。通常のコミュニケーションを破壊するギャヴィンの謎めいた説明によって示唆されているように、ここでは登場人物たちの不明瞭な言語だけが、不穏な情勢に関する断片的な情報を伝達している。実際、パーティーに到着したばかりの女性メリッサは、観客にとって「見えない」外部の状況を、その曖昧な言葉で叙述している。

メリッサ：全くどうなってるの？　まるでペストが広がってるようよ。

テリー：何が？

メリッサ：町中死んだみたい。通りには誰もいない、人の姿は全く見えない、見えるのは、ただ……兵隊が何人か。私の運転手は止められたわ。ほら……あれよ……何とか言った……検問用のバリケード。身元を明かさなきゃいけなかったのよ……ほんと、あれは少々……(286)

ここで登場人物の言語は、今まさに外部で起こっているはずのことを明らかにはせず、観客に限定的かつ断片化した情報をもたらすのみである。それに加えて、ダスティーと呼ばれる女性が自分の弟ジミーを探している際、パーティーの参加者たちは、誰もその男の居場所を答えようとはしない。それどころか、ある登場人物は敢えて現実を歪曲するために、彼女の言動を次のように否定する——「誰もそんな話はしてないんだよ、ね。分かるかい？　ジミーには何も起こってない」(*Four* 284)。彼はまた別の個所で言う——「何も信じなくていいんだ。何も言うな。余計なことはするんじゃない、一体何度言えばいいんだ[10]」(288)。

ピンターは『パーティーの時間』において、現在起こっているかもしれないが観客からは見えない出来事——あるいは、劇中の政府がレトリックによって隠蔽しようとしている不都合な真実——

を巧みに暗示しているが、彼はまた曖昧な記憶、ないしは「見えない過去」とでも言えるものをも深刻なミスコミュニケーションの一例として強調している。この種のモティーフは、例えば『帰郷』のような彼のメジャーな舞台劇のみならず、[11] 一九六〇年代からそれ以降にかけて書かれた、彼のその他の重要な作品群にも見られる。例えば、『コレクション』(*The Collection*, 1961)において、登場人物たちは自らの言語行為によって、知覚不可能な現実を意図的に作り上げている。このテレビ劇では、ステラとビルの不倫という見えない「過去」が、彼らの発話の中で次々と変化していき、繰り返し否定され書き換えられてゆく。そして最終的に、夫であるジェームズはビルとの浮気について自分の妻に質問するが、彼女はただ「彼を見て、肯定も否定もしない」(*One* 141)。更に、同じくテレビ用に執筆された『ベースメント』(*The Basement*, 1966)において、ローという名の主人公は長年の友人であるストットを家に迎え入れるが、前者の発言は彼ら二人の友情が現実のものなのかを決して明らかにはしない。ストットが連れてきたジェーンという女性はローとの親密な関係を仄めかし、最後にはストットをアパートから追い出してしまう。場所を巡る闘争を前景化させたこの芝居において、登場人物たちは曖昧模糊とした言語を用いるが、そのためわれわれ観客にとって、彼らによって語られた「記憶」が本当に起こった出来事の表象であるのか否か判断を下すことは、非常に困難なのである。

先述の通り、一九六〇年代以降ピンターは対話の不在や過去の不透明性、あるいは記憶の相対性といった問題にフォーカスするようになった。しかしながら、一般に記憶劇に分類される『昔の日々』(*Old Times*, 1970)や『誰もいない国』(*No Man's Land*, 1974)といったそれ以降の舞台作品は、「過去における現実」が言語それ自体の作用によって意図的に歪められ消し去られていく様相を、劇場というライヴ性のメディアの特徴を効果的に用いいつつよりドラマチックに提示している。重要なことに、これらの実験的作品群においては、「過去」が登場人物たちの台詞によって幾度も書き換えられていくにつれて、舞台上で示される彼らの「現在」の関係性さえもが、少しずつ変化し更新されていくのである。

登場人物間における管理抑制型コミュニケーションの典型的なプロセスを描写した『誰もいない国』において、ハーストとその訪問者で自称詩人兼画家のスプーナーは共に酩酊しており、様々な酒のボトルが並んだ棚に何度も向かう。第一幕におけるスプーナーの自己紹介は、彼らが初対面であることを示唆しているが、次の第二幕でハーストはオックスフォード時代の自分の昔話を披露し、スプーナーをその頃からの旧友として遇する。しかしながら、スプーナーとハーストは突如として互いを口汚く非難し合い始め、過去の女性との関係を巡って口論になる。そこで驚くべきことに、後者はこう叫ぶ――「誰なんだ、貴様は? 俺の家で何してる?」(*Three* 382)。絶え間なく「過去」を再創造し続けながら両者は互いを罵り合うが、クライマックスとなる場面において、そうした不確かな「過去」は再び変化する。それというのも、ここでハーストが自身とスプーナー、そして秘書のフォスターの三人が「誰よりも古くからの友人だ」と言うからである(389)。幾度かの対立や和解のあと、スプーナーは出し抜けに卑屈な態度となり、ハーストに対して――あたかも初めて会ったかのように——自分を新しい秘書にしてくれるよう乞う。以上のように、彼ら登場人物のミスコミュニケーションに溢れた奇妙な関係性は、劇中で何度も反復的に再定義され、更新されていく。だが結局のところ、ある種の心理的な闘争に勝利したハーストは、文字通り「話題を変える」ことによってスプーナーの頼みを巧みに撥ねつけるのである。

『誰もいない国』は非常に興味深い作品であるが、本節ではこの記憶劇におけるモティーフをより深化させた後年の『昔の日々』に更なる焦点を当ててみたい。コミュニケーションと記憶の意図的な歪曲を扱ったこの舞台劇では、主人公ディーリーと妻ケイトの住む部屋を訪ねてきたアナと呼ばれる女性を中心に、奇妙な三角関係が描かれる。謎めいた存在であるアナの過去に関する曖昧な発言は、劇中で他の人物たちとのそれと、しばしば大きく食い違う。第一幕冒頭のディーリーとの会話で、ケイトは二十年前にロンドンで同居していた旧友アナに関する断片的な記憶を夫に語るが、アナは部屋に入ってくるなり、自分とケイトとの過去の出来事について極めて饒舌に話し始める。劇中人物たちの発話内容は、時として互いに矛盾し合っているが、少なくともアナがかつてケイトの下着を勝手に使っていた——あるいは借りていた——ということだけは確かなようである（*Three* 288, 303）。同じ下着を共有するということは、言うまでもなく、この両者の間に友人関係を超えた同性愛的な関わりがあったことを暗示している。アナはケイトとのこうした親密な関係性をディーリーに見せつけようとするが、一方で彼は自分がかつてロンドンの映画館で『邪魔者は殺せ』（*Odd Man Out*）という映画を鑑賞した際に、ケイトと初めて出会ったと話す。これを聞いたアナは、自分もその映画を見たことがあると仄めかし、次のような印象的な台詞を残す。

起こらなかったかもしれないけど覚えていることってありますものね。起こらなかったかもしれないけど私が覚えてることがあって、それを思い出せばその通りになるんです。（269-70）

正常なコミュニケーションを破綻させることを恐らくは意図しつつ、アナはこれに続けて、かつて自分が帰宅すると自分たちの部屋に一人の男がいてケイトの傍で泣いていたという「過去」を物語る。彼女によれば、その男は一度出て行ったが戻ってきて、アナは彼がベッドでケイトの膝に身体を乗せていたのを見たのだと言う(271)。興味深いことに、彼女が語った「過去」の記憶についてケイトは言う――「あなたの話だと私はまるで死んでいるみたいだわ。今」(273)。その後、ディーリーはさらに自分とケイトとの出会いについて物語り始めるが、それに対してアナはロンドンでケイトと『邪魔者は殺せ』を観たのは自分であると言う。続く第二幕では、ディーリーとアナによる記憶を巡る心理的闘争は次第に終息し、「過去」に関する二人の物語は、やがて奇妙な協調路線を歩み始める。ディーリーはまず、二十年前にとある喫茶店で女友達を連れたアナに会ったことがあると言い、彼女を驚かせるが、アナは後になってそれを認め、自分が連れていた女がディーリーの将来の妻ケイトであったことを仄めかす。ディーリーもそれに同調し、ケイトに向かって「あれは本当に君だったのかもしれない」と呟く(307)。

不条理とミスコミュニケーションに満ちたこの芝居は、観客にとって真偽の判断が可能な真実をそもそも始めから欠いていると言えるだろう。だが、不確かで断片的な記憶のみが浮遊するこの奇妙なテクストにおいて、このように「過去の真実」が登場人物の発話によって次々に書き換えられ、訂正され、加筆されていくに従って、彼らの生きる舞台上の現在も微妙に変化していく。「あなたの話だと私はまるで死んでいるみたいだわ。今」というケイトの発言は「過去」について物語ること、そしてとりわけ言語によってそれを改変し歪曲しようと試みることが、過去そのものだけでなく現在までをも変質させてしまう可能性を持つことを示唆している。ケイトはこうした言語の政治的作用を利用しつつ、最後の場面でアナに向かって突如としてこう言い放つ――「でも私が覚えているのはあなたよ、死んだあなたよ」。自分との性的関係を復活させようと目論むかつてのパートナーに向けて、彼女は更に次のように述べる。

覚えてるわ、死んで倒れたあなたを。あなたは、私が見てるのを知らなかった。あなたは、私が見てるのを知らなかった。あなたの方にかがみ込むと、顔が泥まみれだったわ。死んで倒れてるあなたの顔は、一面に泥まみれで、いろいろ深刻な文句が書いてあったけど、そのまま消えずに残ってたから、顔中一面に、喉までそれが続いてたわ。シーツには染み一つなかった。嬉しかったわ。だってあなたの死体が不潔なシーツにくるまってたりしたら、私嫌だもの。そんな品のないこと。とにかく、そうなれば私の立場がないわ。私の部屋でそんなこと、堪らな

いわ。だってあなたは私の部屋で死んでるんだもの。(309-10)

その後、ケイトは「アナの死」の瞬間をより詳細に物語り始める。

あなたが目を覚ますと、私の目が上からあなたを見下ろしてた。あなたは私がよく使う手を使って、私がやるのを見て覚えたてを使って、ゆっくりちょっと笑おうとしたわ。ゆっくりちょっと恥ずかしそうに笑って、私みたいに首を曲げて、私みたいに薄目を開けて、そう、お互いよく知ってる手を使おうとしたけど、駄目だったわね。笑うと口の両側の泥にひびが入って、そのままあなたは笑うのをやめた。笑いかけてそのままになった。私は涙を探したけど、見えなかったわ。瞳が目の中になかった。顔中の骨は砕けていた。でも気持ちが悪くはなかった。苦しんでる様子がなかったもの。何もかも、よそで起こってしまったんだもの。臨終の儀式はしなくてもいいと思った。そう、どんな儀式も。あなたはちょうどいいときに死んだし、たった一人、泥まみれで死ぬなんて、ちゃんと体裁を心得てたわ。やがて私がお風呂に入る時間が来た。私はゆっくりお風呂に入って、出てくると、洗い立てた身体で部屋中を歩き回って、椅子を引き寄せて、裸のままであなたの傍に座って、あなたをじっと見てた。(310)

ここで更にケイトは、「その部屋にこの人を連れてきたときには、もちろんあなたの身体は消えていた」とアナに告げる(310)。彼女の言う「彼」や「この男」がディーリーを指すのかは判然としないが、少なくともここでケイトは、アナの死体を目撃したという(括弧つきの)「記憶」を言語化することによって、過去と現在の両方を一度に改変しようと試みている。つまり、彼女は自らのパフォーマティヴな言語行為によって過去を改変し、アナを「既に死んだ」存在にしてしまうことにより、今まさに目の前にいる現実のアナそのものを「殺そう」と試みているのである。『昔の日々』は「過去の現在に対する影響を描写した作品」と評されているが(Dukore, *Harold Pinter* 98)、確かにピンターは過去における「見えない」ものが、舞台上の「目に見える」現在を作り変えたり、殺したりする力を秘めているということを示そうとしている。マーティン・S・リーガルの表現を借りるならば、それは「もし過去が歪曲可能なら、現在もまた歪曲可能である」という――ジョージ・オーウェルを彷彿とさせる――恐るべきテーゼに他ならならず(Regal 79)、ある意味でこのことは、ホロコースト否認論や歴史修正主義の問題とも密接に関わっていると言えるのである。

この節の冒頭で引いたピンターの発言――「そんなことは起こらなかった、何も起こりはしなかったのです。実際に起こっていたときにも、それは起こっていなかったのです」――は、現実に起こっている出来事や過去に起こった出来事を、曖昧なレトリックや言説の効力が文字通り「殺して」しまうということを示している。映画やラジオ、テレビといった記録メディアの場合とは異なり、劇場とは常にこうした「現実の死」――それはポスト・ホロコースト時代におけるピンターのメディア批判において、先述の通り主要な関心事の一つであった――に関するダイナミックな実験を可能にしてくれる空間に他ならなかった。第一章でも指摘したように、ピンターの演劇作品には、現在と過去における絶対的真実を「殺し」そして「作り変える」メディアの言説と類似した言葉の用法がしばしば散見される。その点で、ミューラーの言う管理抑制型コミュニケーションを「見えない現実」の探求という彼一流のやり方で普遍化してみせた『昔の日々』という芝居は、まさにその典型であったと言える。それゆえこの野心的な記憶劇は、アウシュヴィッツ以降の時代における言語そのものの問題に対峙する上で、政治活動家としてのピンターと芸術家としてのピンターの間に紛れもなく連続性が存在していたということをも証明している。象徴的なことに、『昔の日々』のエンディングにおいて、アナは寝椅子に静かに横たわり、そのまま全く動かなくなる（*Three* 311-12）。こうした現在のアナの姿は、まさにコミュニケーションを破壊する言語の政治的作用によって、彼女が本当に「殺された」ことを暗示している。要するにケイトは、言語によって過去の記憶を書き換えることを通じて現在のアナを殺し、自身の目の前にある「現実」をも変容させてしまったのである。

4　結論

第二次世界大戦中に少年期のピンターが目撃した「無垢な姿をしたもの」とは、実際には人々の生命を奪う恐るべき爆弾であった。しかしながら、戦争とホロコーストの世紀にロンドンで生まれたユダヤ系作家ピンターは、まさに言語こそが過去に起こった記憶や、今現在どこかで起こっていることを政治的に改変ないし抹消し、「現実」を歪曲させる「無垢な姿をした」武器に他ならないことを看破していた。これまで見てきたように、芸術家としてのピンターは、結局のところ「理性の外部に横たわっている」アウシュヴィッツの声なき「声」を表象＝代弁しようとはしなかった(Steiner 123)。しかしながら、マーティン・エスリンが指摘しているように、「ピンターの戯曲に貼られている〈脅威の喜劇〉というレッテルは今のところは正しいが、その脅威の背後には、ホロコースト後の世界、あるいは核時代以降の世界そのものの残酷さに対する恐怖への意識が存在している」(Burkman & Kundert-Gibbs 29)。ジャン＝フランソワ・リオタールによれば、アウシュヴィッツのあと「事実、すなわち〈今〉と〈ここ〉の痕跡を持つ証言、そして事実の意味ないし諸意味を示すはずの記録文書、そして数々の名前、要するに、結び合わされることで実在を構成する様々な種類の文の可能性全てが、可能な限り破壊し尽くされた」(一二一―一二二)。もちろん、こうした現状を前にしたピンターは「現実」というものに関して、政治活動家と芸術家という二つのペルソナの間に明確な境界線を引いていた。だがその一方で、彼はポスト・ホロコースト時代における言語そのものの問題に対しては、一貫して常に深い関心を持ち続けていたのである。

第一章で考察したように、ピンターはマス・メディアの言説を批判し、それが現実を歪め人々の内面に偽物の歴史を植えつけるだけでなく、「真実の歴史」を構築する上で必要な正常なコミュニケーションの可能性をも破壊してしまうことを問題視していた。他方でミクロ政治的な闘争を描いた彼の芝居において、言語はしばしば個人間の深刻なミスコミュニケーションを引き起こす暴力的装置として表象されており、それは時として彼らが互いを理解し合い、真実の相対性を乗り越えることを妨害する。そのため、ピンター劇の多くの登場人物たちは、自分たちの記憶が書き換えられたり初期化されたりする悪夢のような状況から逃れることができず、自身のアイデンティティを過去のトラウマ的な出来事に脅かされ続けるのである。

マイケル・スコットの言葉を借りれば、「ハロルド・ピンターは二十世紀の悪を拒絶し、社会に新しい見方を提示しようと試みた戦後世代の産物である」(Scott 9)。しかしながら、ピンターの真骨頂とは、われわれの言語の背後に潜む暴力的要素を暴き出すことによって、テオドール・W・アドルノの言うアウシュヴィッツ以後の文学のあり方を切り開いた点にある。ここで再び強調しておかなくてはならないのは、彼の不条理劇における「記憶と政治」の関係性は、むしろ言語を媒介した「記憶の政治学」として理解されるべきだという点である。ミューラーの広範な研究に示されている通り、二十世紀とは歪曲されたコミュニケーションの様々な実例に満ちた時代であったし、特にその後半においては、マス・メディアが政治的目的を持った国家権力と結託し、われわれの集合的記憶や歴史を戦略的に操作し、書き換えようとしてきた。アウシュヴィッツ以後の歪曲されたコミュニケーションの時代、あるいはポスト・トゥルースの時代を体現する存在であるピンターは、自身の不条理劇において人々の記憶を巡るミクロ政治的な闘争――すなわち記憶の政治学――を表象した。そして言うまでもなく、こうした闘争は歪曲された現実を回復させる「可能性」さえをも破壊し尽くしてしまうような、「無垢な姿をした」言語という装置の暴力的機能によって駆動していたのである。

註

（1）前章と同じく、本書からの引用はクラウス・ミューラー『政治と言語』辻村明・松村健生訳（東京：東京創元社、一九七八年）を参照する。

（2）その点で、しばしば自己の目的を達成するためにコミュニケーションを意図的に破壊するピンター劇の登場人物たちは、ミシェル・フーコーが『性の歴史』(*Histoire de la sexualité*, 1976-1984)第一巻で分析したミクロの政治学や権力のあり方――ここで権力は全てを統括するものではなく、社会のいたるところに網の目のように偏在する（一見して）中立的なものとして提示されている――（一二〇）を体現していると言えるかもしれない。フーコーは「権力の関係は、欲望のあるところに既に存在するはずだ」と喝破した（一〇七）。ここで権力を「特定の国家内部において市民の帰属・服従を保証する制度と機関の総体」とは異なったものとして定義しつつ、彼は「権力の関係における分析は、出発点にある与件として、国家の主権とか法の形態とか支配の総体的統一性を前提としてはならない」と断言している（九二）。彼は更にこうも説いている――「権力とは、一つの制度でもなく、一つの構造でもない、ある種の人々が持っているある種の力でもない。それは特定の社会において、錯綜した戦略的状況に与えられる名称なのである」（一二〇―一二一）。

（3）言語に対するピンターのこうした政治的姿勢は、オーウェルの有名なエッセイ「政治と英語」("Politics and English Language", 1946)とも親和性を持っている。ここでオーウェルは婉曲表現や循環論法、あるいは極端な曖昧さに満ちた政治の言語が、現代世界における様々な「弁解の余地のない」出来事を粉飾していると批判している(Orwell, "Politics and English Language" 166)。

（4）本作を「ホロコースト・ドラマ」の一種として読み解いた論考には、Gene A. Plunka, *Holocaust Drama: The Theater of Atrocity*(Cambridge: Cambridge University Press, 2009)などがある。

（5）この本の引用は、ローレンス・ランガー『ホロコーストの文学』増谷外世嗣・石田忠・井上義夫・小川雅魚訳（東京：晶文社、一九八二年）を参照した。

（6）本書からの引用はマーシャル・マクルーハン&ブルース・R・パワーズ『グローバル・ヴィレッジ――21世紀の生とメディアの転換』浅見克彦訳（東京：青弓社、二〇〇三年）を参照。

（7）奇しくも『祝宴』の初演は、デビュー作『部屋』との二本立てであった。

（8）翻訳はロバート・イーグルストン『ホロコーストとポストモダン――歴史・文学・哲学はどう応答したか』田尻芳樹・太田晋訳（東京：みすず書房、二〇一三年）を参照。

（9）アンドリュー・グッドスピードが指摘しているように、この講演におけるピンターのアメリカへの批判的態度には矛盾や不明瞭な点も見られる。しかしながら、グッドスピードは「人間の尊厳」に関する作家の態度は少なくとも一貫していると述べ、彼の発言が傾聴に値するものであると結んでいる（Goodspeed 60-61）。

（10）この人物による発言は、「何も起こっていない」と外部の現実を歪曲していることから管理抑制型コミュニケーションの一例として解釈可能であるが、同時にダスティーの言動を弾圧するための警告でもあるため、強制指導型コミュニケーションとも取れる。

（11）この芝居において主人公であるテディの妻であるルースという女性は、自身がかつていかがわしいヌード・モデル（あるいは娼婦？）をしていたという過去を曖昧に仄めかす（*Three* 65）。詳しくは本書の第五章を参照のこと。

第二部

第三章　死産するスタンリーと声の剥奪――『誕生日パーティー』から後期政治劇へ

1　ピンターとホロコーストの語り得ない記憶

第二次世界大戦後のヨーロッパ文学史を論じる際によく引き合いに出されるのは、「アウシュヴィッツ以後、詩を書くことは野蛮である」という哲学者テオドール・W・アドルノの有名な命題である(『プリズメン』三六)。しばしば前後の文脈と切り離されて独り歩きしてきたこの言葉は、二十世紀後半の作家たちがホロコーストという事件に向き合うことの倫理的な困難さを示唆するのみならず、こうした歴史上の恐るべき悲劇のあとに、芸術や文学は如何なる意味を持ち得るのかといった難問をも提示している。とりわけ戦争を直接に経験した世代の書き手にとって、詩を書くことやフィクションを創造することとは、この余りに巨大なアポリアにほとんど不可避的に対峙するということに他ならなかった。言うまでもなくハロルド・ピンターもまた、こうした切迫した時代状況の中で創作活動を行ってきた者の一人であった。

ピンターの両親はロンドン・ハックニーに住む東欧系のユダヤ人であったが[1]、マイケル・ビリントンの伝記によると、彼の父親の家系が正統派ユダヤ教徒であったのに対し、母親の家系はより世俗的であり、ユダヤの宗教や伝統に対していささか懐疑的でもあった(Billington 5)。ビリントンはピンターが父親の血筋から「芸術的直観」を授かり、他方で母親の一族から「宗教上の世俗主義」を受け継いだと述べているが(5)、彼は少なくとも十三歳になるまではシナゴーグに通い、バル・ミツワー(成人式)に備えて様々なクラスに出席していたのである(9)。青年期のピンターはユダヤの伝統や教えに対して一種の反発心を抱いていたが、後年のインタヴューでホロコーストを「恐らくこれまでに起こった中で最悪の出来事」と呼んでいることからも分かるように(*Various Voices* 246-47)、彼はユダヤ民族の苦難の歴史に対して、自分が決して無関係な存在ではあり得ないことをも常に意識していた。だが絶滅収容所の惨劇を実際に目撃した書き手ではないピンターにとって、アウシュヴィッツの語り得ない死者たちの声なき声を物語ろうとする試みは、倫理的に決して許されないものであった。それゆえ彼はホロコーストを自らの作品中で直接的に描くことをしなかったし、またそれについて公の場で多くを語ることもなかったのである。

しかしながらピンターの作品は、こうした人類史上の残虐行為に対して、直接的ではないにしろ、しばしば真摯な眼差しを向けている。これまで論じてきたように、彼のテクストを特徴づける要素の一つに「記憶」というテーマの探求が挙げられるが、彼は多くの政治劇の中で、それを「声の剥奪」という暴力的なモティーフと結びつけてきた。要するにピンターは、語ることのできない犠牲者たちの声を作中で代弁＝表象するのではなく、むしろそうした「語り得ない」恐るべき過去の記憶が、人々の沈黙や断片化した言語——あるいは暴力によって奪われた「声」——の背後に存在するという事実を、よりメタ的かつ普遍的な視点から観客に訴えかけようと試みたのである。換言すれば、彼の作品において政治性とは、常に記憶を巡る一種の政治学として提示されていたのだ。「声」を奪われた犠牲者たちに「声」を与えること、あるいは彼ら死者たちの失われた「声」を取り戻そうとすること——そうした試みは、実のところ欺瞞に過ぎない。だが、ジョージ・スタイナーがかつて「語り得ないもの」と呼び（Steiner 123）、またジョルジョ・アガンベンが「アウシュヴィッツのアポリア」（九）と名付けたこのホロコーストの表象不可能性や想像不可能性に、ピンターは劇作家として全く独特の方法論でもって対峙しようと試みてきた。つまり、人々の剥奪された「声」を虚構として再生するのではなく、むしろ真実の記憶を語り再現し得たはずの「声」の剥奪という、まさにその暴力それ自体をドラマ化し、より普遍的な形で提示したのである。もちろん彼の政治的な芝居は全てが直接的にホロコーストという主題を扱ったものではないが、少なくともこれらはアウシュヴィッツ後の世界になおも横たわる、犠牲者や死者たちの「失われた声」や抑圧された記憶に関する彼の問題意識を反映したものとして理解することができるのである。

この章で論じるように、ユダヤ系作家としてのピンターのこうした政治性はキャリア最初期の段階から既に作品に内在していた。事実、彼が言語による他者への苛烈な弾圧や、暴力の結果としての人間の「声」の喪失を初めて本格的に描いたのは、一九五八年に初演された舞台劇『誕生日パーティー』(*The Birthday Party*, 1957)においてであった。つまり『温室』(*The Hothouse*, 1958; 1980)、『景気づけに一杯』(*One for the Road*, 1984)、『山の言葉』(*Mountain Language*, 1988)、『パーティーの時間』(*Party Time*, 1991)、そして『灰から灰へ』(*Ashes to Ashes*, 1996)といった後年の一連の政治劇でピンターが探求し続けた記憶や「声」の剥奪といったテーマは、いわば初期作『誕生日パーティー』における主人公スタンリーの受難の変奏に他ならなかったのである。こうした点を踏まえつつ、本章では先に挙げた作品に共通して表出する暴力的主題を、ホロコーストや作家自身のユダヤ性、あるいはユダヤの伝統との関わりからより詳細に検討していく。その出発点として、続く二節ではまず『誕生日パーティー』を詳細に分析し、最後にピンター政治劇のその後の展開について議論する。

2　『誕生日パーティー』における声の剥奪とユダヤ人表象

デビュー作『部屋』(*The Room*, 1957)に続いて書かれた『誕生日パーティー』は、第二章で既に論じたように、老夫婦ピーティ・ボールズとメグが住む海辺の家に居候する自称ピアニストの男スタンリーが、自身の「誕生日パーティー」のあと、ゴールドバーグとマキャンと名乗る二人組によって謎めいた「組織」に連れ戻されるという物語である。この芝居における政治性を考察する上で差し当たって重要なのは、スタンリーに対して尋問者ないし迫害者の立場にあるこの二人組の出自である。劇中でマキャンは自分のアイルランド人としての出自を殊更に誇示するが、一方で彼の直属の上司であるゴールドバーグは、まさにユダヤ的な伝統を体現する人物である。彼は会話の中でアンクル・バーニーなる人物との思い出を繰り返し語り、しばしば「安息日(Shabbuss)」(*One* 21)、「おめでとう(Mazoltov)」(50)、「シムハの日(Simchahs)」(50)といったイディッシュ／ヘブライ語を用いてユダヤ人としての自らのルーツを強調する。(2)

ピンターはここでユダヤ人とアイルランド人という、西洋史上において常に弾圧や偏見に晒されてきた民族の子孫を登場させ、彼らを迫害者の立場に倒置させていると言えるが、一九八七年放送のBBCによるテレビ版において作者自身がゴールドバーグを演じていることからも分かるように、劇中でより重要な意味を担わされていたのは明らかに前者であった。ビリントンの考察によると、『誕生日パーティー』はユダヤの宗教的伝統やアイデンティティに対する作者の相反する複雑な姿勢が反映された芝居であった(Billington 80)。もちろん、ファシスト団体によるユダヤ人排斥運動が吹き荒れる一九三〇年代のハックニーで育ったピンターは、差別を受けることの苦しみを誰よりも強く実感していた(17, 81)。だが四〇年代後半に良心的徴兵拒否をした際、彼はもはや「宗教の傘というシェルター」に助けを求めることをよしとせず、ユダヤ教のラビに自身の弁護を依頼しようとはしなかった(23)。その後、彼は非ユダヤ人女性との婚約を家族の反対で破談にされ(40-41)、更に頑迷なシオニストの父親と政治的理由で対立した(80-81)。また、彼は一九五六年の女優ヴィヴィアン・マーチャントとの突然の結婚宣言によって親族から反発を受け、(彼の意図ではないが)あろうことかヨム・キプルの祭日に登記所を予約したことにより、家族との間に大きな溝を作っていた(53-54)。ビリントンはこうした背景を考慮に入れつつ、ピンターがゴールドバーグの表象を通じてユダヤ人の伝統に対する盲信を風刺する一方で、この人物を「恐れおののき、追い詰められてさえいる存在」として同情的に描いていたと看破する(80, 81)。要するに、この男は「悪漢であると同時に犠牲者」であり、彼は「二十世紀ヨーロッパ史を通じて鳴り響く、ドアをノックする音の象徴であると共に、最も迫害された民族の一員」でもあったのである(81-82)。

犠牲者たちの末裔からゲシュタポの如くスタンリーを連行する立場に転じた人物ゴールドバーグは、劇中でその部下マキャンと共に尋問というパフォーマティヴな言語行為を繰り返すことにより、スタンリーに対して目に見えない暴力を行使する(One 42-46)。延々と続く尋問の場面については第二章で既に触れたが、ここで重要なのは、ユダヤ人とアイルランド人という抑圧された民族の血を引く二人の男が、まさに言語そのものの効力によってスタンリーの「声」を完全に奪ってしまうという点である。尋問のあと彼にもたらされた悲劇的な結末は次の通りである。

スタンリー：うぉおおおおお！
マキャン：その調子だ、ユダめ。
ゴールドバーグ(立ち上がり)：落ち着け、マキャン。
マキャン：さぁ、来い。
スタンリー：うぉおおおおお！

マキャン：この野郎、汗をかいているぞ。
スタンリー：うぉおおおおお！　(46)

長い歴史の闇の中で「声」を奪われてきた人々の末裔は、ここで皮肉にもスタンリーの声を剥奪し、彼を人間から動物のような存在へと退化させる。実際、スタンリーはこの直後に「眼鏡を返してくれないか？」(47)とたった一言だけ頼んだことを除けば、これ以降は一切言葉を発しない。第三幕の終盤で二人に連行されていく直前の場面では、彼は何とか声を発しようとするも、「グアアアア……グウウウウ……」という風に、苦しみながら獣のような呻き声を漏らすだけである(78-79)。劇中で尋問によって声を失い動物化したスタンリーは、これに先立つ誕生日パーティーの場面において、衝動的にメグの首を絞め、暗闇の中でルルという女性に対してレイプまがいの行為に及ぶ(58-60)。言うまでもなくスタンリーによるこれらの行為は、彼の本能的な暴力性や獣性が声の剥奪とそれに伴う人間性の喪失によって剥き出しにされた結果であると考えられる。つまり第二章でも指摘したように、こうしてゴールドバーグとマキャンの言語によって自らの言語を奪われたスタンリーは、最終的にかつて所属した(と推察される)「組織」の一員に戻るために、動物の段階にまでアイデンティティを初期化されてしまったのである。

3 「死産」するスタンリー

『誕生日パーティー』において、スタンリーが見せたこうした動物への退行は、苛烈な尋問によって突然もたらされたものであると考えられる。だがしかし、彼はボールズ家に居候として暮らしている段階で既に、メグによって半ば子供のような存在として扱われていた。事実、メグはあたかも自分が母親であるかのようにスタンリーに接し、誕生日プレゼントとして彼に子供用のドラムを渡す(29-30)。作者によって指定されているように彼は三十代後半の男であるから、このことは非常に奇妙に思われる。また劇中でスタンリーはしばしば彼女に対して反抗するが、それはあたかも思春期の少年が口うるさく過保護な母親に楯突くかのようである。

批評家マーティン・エスリンはピンター劇に潜む主要なモティーフの一つとして生存圏を巡る闘争を挙げているが(Esslin, *The People Wound* 32)、この芝居も同様に「部屋」や「家」といった具体的な場所を巡る争いとして読むことができる[3]。またピンター作品には、そうした登場人物たちにとって重要なテリトリーにしばしば「子宮」のイメージが付与されることがあるが[4]、それを踏まえるのならば『誕生日パーティー』においてスタンリーが居候を続けるボールズ家とは、単にメグの強烈な母性が支配する場所であるというだけでなく、彼にとって一種の子宮空間に他ならなかったと考えられる。つまりこの芝居は、ボールズ家という母性を象徴する場所からの、スタンリーの半ば強制的な離脱の物語として理解されうるのである。

そしてこの解釈に、既に論じたゴールドバーグらによるスタンリーの声の剥奪や、それに伴うアイデンティティの初期化と動物化といったより政治的な諸要素を並置してみると、そこに自ずと新たな読みの可能性が浮上してくる。こうした点から次に、ここではこの劇のタイトルでもある「誕生日」とはそもそも何なのかについて考察してみたい。まず注意しなくてはならないのは、スタンリー自身が「今日が自分の誕生日だということ」を否定しているという事実である(*One* 29-30)。ピンター劇ではしばしば現在起こっているはずのことや、過去に起こったであろうことが曖昧な言語によってのみ提示される。『誕生日パーティー』においては、「演奏旅行」のために家を出て行くとまで言うスタンリーに対し、彼を失いたくないメグは、「もちろん今日はあなたの誕生日だから」と相手の否定を無視してまでプレゼントを渡している(29-30)。観客にとってこうしたやり取りの真偽は全く不明であるが、もしこの日がスタンリーの誕生日でないのだと仮定すれば、ここで彼女の言葉は日付という事実を強引に改変していることになる。言い換えれば、彼女は相手の気持ちを繋ぎ止めておくために――あるいは彼を自らの子宮の内に留めておくために――行為遂行的に強引に彼の誕生日を捏造し、観客の目の前で舞台上の現実を作り変えてしまっているかもしれないのである。

こうした可能性と同時にこの芝居の結末を踏まえて考えてみると、本作で言う「誕生日」が通常とは全く異なる極めて皮肉な意味合いを持つことが明らかになるだろう。幸いこの問題についてはは既にバーナード・F・デュコアの研究によって重要な示唆が与えられている。デュコアは「誰かの生まれた記念日」としての一般的な意味での「誕生日(birthday)」と、本作における「誰かが誕生する日」としての「誕生・日（birth-day）」を区別し、前者を祝うパーティーが後者をもたらしたと指摘している。そしてその結果、「侵入者たちはスタンリーをマキャンが言うところの〈新しい人〉に変えてしまう」。デュコアによると、「彼らの手によってスタンリーは生まれ変わり、まさに〈誕生・日〉となってしまった〈誕生日〉において、彼は全く異なった人間に変えられてしまう」のである（Dukore, *Harold Pinter* 29）。事実、尋問のあとゴールドバーグとマキャンはスタンリーに「お前は死んだ」、「お前は生きることも考えることも愛することもできない、お前は死人だ」と宣言し（*One* 46）、パーティーの翌朝、連れ去られる直前の彼をマキャンは「新しい人間」と形容している（75）。

皮肉なことに、もしメグが意図的にスタンリーの「誕生日」を捏造したのだとすれば、彼を自らの「子宮空間」に留めておくためのこの試み——もしくは彼が「産まれない」ようにするための試み——によって、彼女は逆に彼を「誕生」させてしまったのである。また、スタンリーにとって更に悪いことに、彼の「誕生」とはマキャンの言う「新しい人間」としての誕生——すなわち、記憶を物語るための言語や人間性を剥奪され、動物的な存在に造り変えられるということに他ならなかった。このように、スタンリーの連行をボールズ家という彼にとっての胎内からの半ば強制的な「誕生」であるとして捉えるとすれば、恐ろしいことに、生まれ出たばかりの彼の前に待ち受けていたのは、胎児としてのこれまでの過去の抹消と、スタンリー・ウェバーという一人の人間としての事実上の「死」であった。つまり、メグの母性の象徴であるところの子宮／ボールズ家から、ゴールドバーグとマキャンという、かつて迫害されてきた民族の末裔たちによって胎外へと強引に引きずり出されたスタンリーは、記憶を再生し真実を語るための手段であったはずの声を奪われ、人間性さえも喪失してしまった挙句、最終的には限りなく動物に近い、声なき「非人間」として造り変えられたのである。生まれたばかりの赤ん坊は当然のことながら大きな産声を上げるはずであるが、ここで彼は呻き声以外の音を発することができない。こうした観点から見れば、この作品におけるスタンリーの子宮からの「誕生」とは、少なくとも彼自身にとって、ある意味ではまさに「死産」に他ならなかったのである。

4 イスラエル初訪問と『温室』の再発見

このように、『誕生日パーティー』におけるスタンリーの「死産」は極めて重要な政治的示唆を孕んでいたが、当時の観客の無理解もあり、この作品の初演は興行的には大失敗に終わった。その直後、一九五八年にピンターは『温室』と題する新たな政治劇の執筆を開始したが、この芝居はまもなく作者自身によって放棄された。『温室』のお蔵入りを巡っては、ピンター本人が作品そのものの完成度、とりわけ風刺的で「作りものじみた」人物造形に納得できなかったという説明を後年のインタヴューで行っている(Plimpton 361)。その後ピンターは『管理人』(*The Caretaker*, 1959)や『帰郷』(*The Homecoming*, 1964)の成功によって一躍脚光を浴びたが、一方で彼はしばらくあからさまな政治的主題からは距離を置き、記憶それ自体の曖昧性やそれに伴うコミュニケーションの不全といったテーマに関心を移した。その理由は定かでないが、少なくとも一九六〇年代後半以降、彼は主として独白を多用した記憶劇と呼ばれる内省的作品を書き続けた[5]。

しかしながら一九七九年、ピンターは長らく眠っていた『温室』の原稿を再発見し、かつて自ら酷評したこのテクストの公表を突如決意する(*One* 186)。そして一九八〇年の『温室』初演を契機に、ピンターはリベラル派知識人として国内外の様々な人権問題に対する発言を始めただけでなく、作家として再び政治劇と呼ばれる作品を世に問うようになった。事実、『景気づけに一杯』、『山の言葉』、『パーティーの時間』、『灰から灰へ』といった彼の最もラディカルな芝居群は、いずれも『温室』の上演以降に執筆されたものである。このように、『温室』の発表はピンターの劇作家としてのキャリアに大きな転換をもたらした。だがここで興味深いのは、こうした彼の政治的姿勢の変化が、実は自身のアイデンティティに対するピンター本人の意識の変化と密接に連動していたという事実である。具体的に言えば、ピンターは『温室』の再発見に先立つ一九七八年の五月八日から二十二日にかけてイスラエルを初訪問し、そこで自身のユダヤ人としてのルーツを「再発見」していたのである。ピンターの二番目の妻であった歴史作家アントニア・フレイザーは、このときの詳細な日記を『私たちのイスラエル日記、一九七八年』(*Our Israeli Diary, 1978*, 2017)として二〇一七年に刊行し、その中でユダヤの文化的伝統や自己の民族的アイデンティティに対するピンターの姿勢を明らかにしている。

建国三十周年を迎え、前年にリクード党首メナヘム・ベギンが首相に就任したばかりのイスラエル社会の緊迫した雰囲気を肌で感じつつ、本書の中でピンターはこうした政治状況に率直な反応を見せる。事実、イェルサレムに到着したピンターとフレイザーはイスラム教のモスクを見学した際、テロの脅威に備えて旧市街の各所に銃を持った兵士たちが立っていることに恐怖を覚え(Fraser, *Our Israeli Diary* 15-6)、現地で出会った人々の多くが、第四次中東戦争で家族を亡くしたり傷つけられたりしていることを知って愕然としている(113-14)。また、ピンターは死海を挟んでヨルダンと国境を接する町エリコを訪れ、その地で自身の従兄とおよそ三十年ぶりに再会する。かつてロンドンのハックニーで生まれたピンターの従兄は、その後イスラエルへ不法移民として渡り、ヘブライ語の名前を使いつつキブツ(ユダヤ人の共同村)でユダヤの宗教的・文化的伝統に忠実な暮らしを送ることを選んだ(93-94)。他方で筋金入りの社会主義者でもあった彼は、それから数多くの戦争や闘争に参加し、現首相のベギンを「ファシスト」として痛烈に批判する政治的な人物に変貌していた(95)。

『イスラエル日記』の中でフレイザーは、ピンターがイスラエルを訪れることによって初めて自分のユダヤ性を痛切に意識したと証言している(108)。事実、イスラエルに渡ってユダヤ人として生きることを選んだ彼の従兄とは対照的に、ピンターは本書の中で自ら発言している通り、常に「ユダヤ人でありながらイギリス人でもある」という自己の複雑な立場を意識せざるを得なかった(83)。彼はユダヤ系移民の家庭に生まれたものの、既に述べたように、かつてはユダヤの伝統や慣習を少なからず抑圧的なものとしてネガティヴに捉えていた。青年時代の彼はむしろこうした世界から自由になるために、俳優修業を経て劇作家となり、一九六〇年代以降、サミュエル・ベケットなどに続く不条理演劇の旗手と称されるようになった。彼はユダヤの文化的伝統を離れ、このように英文学や西洋演劇の歴史的文脈の中に名を連ねるようになったのである。

しかしながら、一九七八年のイスラエルへの旅を通じて、ピンターは自身のもう一つのアイデンティティ――無論それはユダヤ教的「選民」としての自意識とは異なる――を探求し、その中で恐らくある種の精神的「帰郷」を果たした。そしてそれは同時に、若き日の彼が懐疑的な目で見ていたユダヤ的伝統との一種の和解でもあったのである。実際に、フレイザーはピンターがイスラエルという場所やそこに暮らす人々の知性に深い感銘を受けただけでなく、この国にいること自体に幸福感を覚え、「再び訪れない理由はない」とまで語ったことを明らかにしている。また彼女によれば、ピンターが度々の招待にも関わらずこれまで長らくイスラエルを訪れることがなかったのは、自分がこの地の人々を嫌いになってしまうのではないかという、まさに逆説的な不安に囚われていたからに他ならなかった(54-55)。

5 『温室』から『灰から灰へ』まで――一九八〇年代以降の政治劇の展開

一九七八年のイスラエル訪問によってユダヤの伝統と再会し、自身のアイデンティティを強く認識したピンターは、翌七九年にはお蔵入りしていた『温室』の原稿と、そこに表現されていた自身の政治性を併せて再発見した。これを契機として、『温室』やそれに先立つ『誕生日パーティー』

など、最初期のテクストに既に現れていた記憶や「声」の剥奪という重要な主題に立ち戻ったピンターは、一九八〇年代以降、この恐るべきモティーフを『景気づけに一杯』『山の言葉』『パーティーの時間』『灰から灰へ』といった後期作品の中で更に前景化させていったのである。

ここに挙げたピンターの政治劇には、言うまでもなくホロコーストに対する彼自身の問題意識が反映されていた。例えば『誕生日パーティー』の翌年に書かれた『温室』は、全体主義国家の恐るべき「療養施設」を描いた作品であるが、ここでピンターはこの施設をある種の強制収容所として提示している。彼はホロコーストに直接的には言及していないものの、施設の所長ルートが劇中で語る次の台詞は極めて示唆的である。

マイク！　私の前任者のそのまた前任者、我々全ての大先輩、この施設の礎を据えた人、最初の患者を連れてきた人、しかり、想像を絶する数の患者が、というより患者志願者たちが、町から村へ、岡から谷へ、巡礼を続け、垣根の陰で待ち続け、橋の上に居並び、深い溝の隅々まで埋め尽くして、あの人を求める、それを目の当たりにして、国中に施設また施設、療養所、病院、保養所、サナトリウムを開設してやまなかった、あの人だ。（*One* 214）

無論、「患者志願者」や「巡礼」といういわゆる権力者側の美化された言語表現をここで額面通りに受け取ってはならない。むしろ、「患者」や「患者志願者」たちが町の果てまで延々と列をなしていたというこの描写は、絶滅収容所内へ移送されてゆくユダヤ人たちのメタファーとしても解釈され得るのである。

一九五〇年代の『誕生日パーティー』や『温室』で示されたホロコーストに対するピンターの問題意識は、八〇年代以降の後期の政治劇においてよりクリティカルな形で再提示される。第二章で述べたように、一九九六年初演の『灰から灰へ』はまさにこの歴史的事件を主題としているが、例えば『景気づけに一杯』においても、罪なき人々を収容し痛めつける監獄の存在や、それを運営する軍国主義的な政治体制はナチスのイメージと結びつけられている。また、ギャヴィンと呼ばれる権力者の自宅でのパーティーを描いた『パーティーの時間』でも、同様のイメージは効果的に用いられている。この作品においては、独裁政権の高官であるパーティー出席者たちの会話から、邸宅の外で今まさに起こっているディストピア的な状況が曖昧に暗示される。それによると国内ではどうやら大規模な弾圧や検挙が行われており、「死んだ」かのような様子の街では大量虐殺によって「黒死病」の如き惨状が広がっているらしい（*Four* 286）。更に、『山の言葉』はトルコにおけるクルド人の迫害を直接の題材にして書かれた作品であるが（Billington 309）、当然のことながら、「山の言葉」を話す人種だけが収容所に移送されるというこの芝居のプロットそれ自体が、少なからずユダヤ民族の弾圧とも関連づけられているのである。

しかしここで最も重要なのは、『誕生日パーティー』で初めて提示された、真実の記憶やそれを再生する「声」の剥奪という暴力的モティーフを、ピンターが後年の政治劇の中で何度も繰り返し用いてきたという事実である。例えば『温室』において、施設の従業員であり、「本省」の命令の下で暗躍する人物ギブスは、ラムと呼ばれる男性を自身の陰謀に利用するために尋問し洗脳する。防音室の中でギブスはカッツ嬢という女性と共にラムの頭に電気ショックを与え、今から何も考えず大人しくしておけと命令した上で（*One* 243）、彼に向けてナンセンスな問いを矢継ぎ早に繰り出す。

カッツ：一日の仕事を終えたあとで、疲労感を覚えることがありますか？　不機嫌は？
ギブス：腹立ちは？
カッツ：いらいらは？
ギブス：放心状態は？
カッツ：沈滞感は？
ギブス：挫折感は？
カッツ：病的状態は？
ギブス：気が散ることは？
カッツ：不眠は？
ギブス：食欲不振は？
カッツ：座ったままでいられないことは？

ギブス：立ったままでいられないことは？
カッツ：性欲の昂進は？
ギブス：不活発感は？
カッツ：発情状態は？
ギブス：興奮状態は？
カッツ：欲望の高まりは？
ギブス：精力の高まりは？
カッツ：恐怖心の高まりは？
ギブス：欠乏状態は？
カッツ：精力の。
ギブス：恐怖心の。
カッツ：欲望の。（246-48）

ここでラムには、質問に答える十分な時間が与えられていない。このシーンは『誕生日パーティー』を想起させるが、延々と続く奇妙な尋問によって正気を失ったラムは、完全に洗脳されてしまう。彼は最終的に自ら進んで「他に質問は？」と尋ね、「次の質問に答える準備はできていますよ」と述べるのである(253)。こうして、全ての記憶と人間性を失ってスタンリーの如く「初期化」されたラムは、施設の所長ルートに対する血生臭いクーデタの協力者へと造り変えられ、ギブスに利用されてしまう。最後の場面において、かつて真面目で仕事熱心な従業員であったはずの彼は、正常なコミュニケーションの可能性すら剥奪された状態で、防音室の椅子に無言のまま腰かけている――「彼は放心状態の緊張症患者のように目を凝らして座ったまま動かない」(328)。

既に第二章で触れた通り、こうした記憶や声の剥奪といった恐るべきモティーフの例は、『温室』以降の政治劇にも数多く見られる。例えば『景気づけに一杯』における監獄の責任者ニコラスは、囚人のヴィクターとその家族を尋問したあと彼の舌を切断し、犠牲者が自らに加えられた暴力の記憶を永遠に語り得ないように、文字通りその「声」を象徴的に剥奪する(*Four* 243-45)。また『山の言葉』においては、全体主義的な政府が「山の民」と呼ばれる人々の言語を強権的に禁止し、彼らを収容所に監禁することによって、民族それ自体から暴力的に「声」を奪ってしまう(255-56)。更に『パーティーの時間』においては、犠牲者となった少年ジミーの声だけでなく、彼が存在したという真実そのものが抹消されている。この芝居は記憶やそれを再生する「声」の剥奪といった残酷な場面を表立って描写していないが、恐らく惨殺されたと思われる行方不明のジミーを姉のダスティーは探し回り、パーティーの客たちに彼のことを何度も尋ねる。だが真実を隠蔽しようとする人々は彼女を黙殺し、挙句の果てにはそのことについて語らないように警告する(284, 288)。一方、もはやこの世にいないと考えられるジミーはシルエットとして芝居の最後に現れ、極めて不明瞭な短い台詞を残すが(314)、彼の内的独白はダスティーのみならず、ギャヴィンの屋敷に集まった人々の誰にも聞かれることがない。

これらに加えて、一九九六年の『灰から灰へ』においては、ホロコーストという主題が記憶や「声」に関するピンター自身の問題意識と見事にシンクロしている。芝居内の時代こそ現代に設定されているものの、ピンター政治劇の到達点とも言えるこの後期の傑作において、作者はホロコーストのトラウマを抱えていると思われる女性レベッカとその夫デヴリンの緊張感に満ちたやり取りを描き出している。劇中でデヴリンは精神的な傷を負った妻の過去を共有し、彼女を文字通り「所有」するために、彼女の断片化した記憶を何とか探り出そうと詰問を始める。前章で既に論じたように、その姿は次第に暴力的な様相を帯びていくが、彼は結局のところレベッカから何一つとして確かな事実を聞き出すことができない(428)。そして劇中で彼の意図が挫かれた直後、レベッカは極めて曖昧かつ不明瞭な独白の中で、夫の知らない自らの暗い過去の記憶を断片的に語り、自分がかつて絶滅収容所に関係する男と交際していたこと、そして駅のプラットフォームにて、自分の赤ん坊がその男に奪い去られたことを独白するのである(429-33)。

『灰から灰へ』において、無論レベッカは身体的な会話能力を失ってはいない。だが重要なことに、トラウマによって記憶を語るための「声」を心理的に奪われてしまったこの女性は、自身の知る過去の真実を他者と共有することができないのである。ロバート・イーグルストンによれば、ホロコーストの悲劇にとって言語は十分ではなく、「それを経験しなかった人々には把握や理解が不可能」であるとみなされる(Eaglestone, *The Holocaust and the Postmodern* 16)。加えて、生存者たちにとって彼らの経験は他者や他の事柄と同一化することさえ不能であり、またそうした同一化は「起こり得ない」と同時に、倫理的地平において「起こってはならない」ものであった[6](22)。それゆえホロコーストの直接の目撃者ではないピンターは、自らナチス・ドイツのイメージに関する芝居であると認めたこの『灰から灰へ』においてさえ(*Various Voices* 246)、その語ることのできない惨禍を目に見える形では描かなかった。むしろ、彼はデヴリンのレベッカに対する「声」や記憶を巡る詰問を描き出すことによって、後者の前者に対する抵抗を「沈黙」という形で暗示的に表現しようと試みたのである。

6　終わりに――フィクションの可能性

この章の冒頭に挙げたアドルノの言葉はポスト・ホロコースト時代を生きるわれわれに、未だ多くの重要な問いを投げ掛けている。文学におけるフィクションの創作は、言うまでもなく過去の真実を探求する歴史学の方法論からは断絶している。だがそれでは、括弧付きの「真実」や「記憶」を生産し物語るに過ぎない演劇的・文学的フィクションは、果たしてどのような意味を持ちうるというのか？　こうした問い掛けに対し、哲学者スラヴォイ・ジジェクはアウシュヴィッツのあとに不可能になったのは詩ではなく事実をありのままに描写する散文であると述べ、ジャンルとしての詩、あるいは詩的な芸術作品全般の有する喚起力に多くの可能性を見出そうとしている(Žižek 4)。またアドルノ本人も一九六七年に出版された論考の中で、次のように自身の命題に修正を加えている。

反省的なもの以外にはもはや不可能となった芸術は、自発的に明朗さを断念しなければならない。とりわけ最近に起こったことが芸術にそれを強要する。アウシュヴィッツ以後にもはや詩は書けない、という命題は、そのままでは妥当しないが、詩は可能であったし、予測がつかないまでに可能な一方で、それ以後、明朗な芸術がもはや考えられないことも確かである。芸術は、それが人間的な知性の上質さを如何に借りたとしても、客観的にシニシズムに堕落する。

(『文学ノート2』三六五)

アドルノにとって不可能なのはあくまで「明朗な」特性を持った芸術作品であり、ここで彼は詩や詩的なものを完全に否定することを避けている。アドルノはホロコースト後におけるこうした「明朗な」芸術・文学の対極を体現する存在としてベケットを賞賛したが、言うまでもなくピンターは、言語や記憶への不信といったベケット的なテーマを踏襲しつつも、彼とは多くの点で異なった方法論により自身の詩学を構築していた。

演出家のピーター・ホールがかつて述べたように、ピンターは「その言葉の通りまさしく〈詩的な〉劇作家であった」(Taylor-Batty, *About Pinter* 161)。実のところ、彼の一連の政治的な作品における詩学とは、言語それ自体の孕む暴力性と可能性の両方を象徴的に示唆することに他ならなかった。

もちろん、それらの芝居に表象された記憶や「声」の剥奪それ自体は虚構に過ぎない。だがピンターのテクストは、人間の言語によってなされる他者の声の抹消を告発するのみならず、歴史家たちの厳密な方法論によってさえ取り戻すことのできない、奪われた「声」——あるいはその声によって語られるはずだった、永久に失われ、もはやその痕跡さえも留めていない記憶——がかつて存在したこと、そしてそうした無数の声の背後には、それらと同じ数だけの語られることのない物語が横たわっていたのだということを仄めかしているのである。

先述したように、ピンターは『誕生日パーティー』の中でユダヤの文化や伝統に対する自身の複雑な立場を表明していた。だがそれにもかかわらず、この劇作家にとってポスト・ホロコースト時代におけるこうした残虐行為の記憶を巡る問題は言うまでもなく重要であり、それは彼自身のユダヤ人としてのアイデンティティとも深く結びついていた。もちろんピンターは自らの作品において、絶滅収容所の犠牲者たちの奪われた声を文学として再現することも、その声が語り得たであろう真実の記憶を代弁することも選ばなかった。だが彼はフィクションの中でそうした「声」を表象することの不可能性——あるいはフィクションによって真実の記憶を語ることの限界性——を痛切に意識した上で、アドルノの先の命題に敢えて抗おうとしたのではないだろうか。例えば「声」を奪われてきたはずのユダヤ人とアイルランド人が逆にスタンリーの「声」を奪うという『誕生日パーティー』において、ピンターは犠牲者／迫害者の二項対立的関係性を脱構築し、「声の剥奪」という歴史的かつ政治的な問題をより普遍的な主題として提出している。このように、彼のテクストは政治を脱政治化することにより、逆説的に言語そのものが孕む政治性を浮かび上がらせるのである。そして『誕生日パーティー』を原点とする以降の多くの芝居の中で、ピンターは再現不可能な犠牲者の奪われた声や記憶の存在を暗示することによって、人間を非人間として扱い、最終的には人間を非人間的なものに変えてしまうホロコーストのような残虐行為に対して静かに抗議していたのである。

註

（1）戦後イギリスの代表的なユダヤ系劇作家としては、他にアーノルド・ウェスカーやトム・ストッパードなどがいる。

（2）これらの単語には他にも英語表記がある。例えばShabbusはShabbosやSabbath、Shabbatの表記が一般的であるし、MazoltovもMazeltovと綴られることが多い。

（3）その例として処女作『部屋』『かすかな痛み』(*A Slight Ache*, 1958)、『管理人』(*The Caretaker*, 1959)、『帰郷』(*The Homecoming*, 1964)、『ベースメント』(*The Basement*,1966)といった作品群が挙げられる。また、ピンター作品における「部屋」の表象に関する詳細な分析としては、チェン・ホンウェイによるものなどがある(Hongwei 581-88)。

（4）第二章で論じたように、最も典型的な例として晩年の『祝宴』(*Celebration*, 1999)が挙げられる。ここでは精神を病んでいるとおぼしき高級レストランの給仕が、自分にとってこの場所は子宮であり、そこにずっと留まっていたいと客に向かって話す(*Four* 469)。

（5）既に述べたように、記憶劇として例えば『景色』(*Landscape*, 1967)、『沈黙』(*Silence*, 1968)、『昔の日々』(*Old Times*, 1970)、『誰もいない国』(*No Man's Land*, 1974)、『家族の声』(*Family Voices*, 1980)、『いわばアラスカ』(*A Kind of Alaska*, 1982)、『ヴィクトリア駅』(*Victoria Station*, 1982)などが挙げられる。

（6）引用中の翻訳はロバート・イーグルストン『ホロコーストとポストモダン――歴史・文学・哲学はどう応答したか』田尻芳樹・太田晋訳(東京：みすず書房、二〇一三年)を参照した。

第四章　何かが起こる／何も起きない——『温室』の再発見と風刺的イメージ

1　『温室』のお蔵入りと「再発見」

ハロルド・ピンター本人が記した覚書によれば、彼の最初期の政治劇『温室』(*The Hothouse*, 1958; 1980)は一九五八年の冬に書かれたものの、その後幾らか推敲を加えるために放置されたまま、二十年以上にわたって長らく陽の目を見ることがなかった作品である。一九七九年に作者自身により再び「発見」されたこの二幕劇は、台詞の削除などの僅かな修正を加えられたあと、翌八〇年にロンドンのハムステッド劇場にて初演されることとなった(*One* 186)。『温室』の「お蔵入り」を巡っては、ピンター本人が作品そのものに満足できなかったという説明を、一九六六年秋の『パリス・レヴュー』(*Paris Review*)掲載のインタヴューで行っている。前章で述べた通り、この作品はピンターにとってあまりに「風刺的」であり過ぎたのである。実際に彼は続けてこう述べている——「私はこの作品のどの登場人物も好きになれませんでした。彼らは全く生きている感じがしないのです。だから私はこの芝居をすぐに打ち棄ててしまいました。登場人物たちは全く作り物じみていたのです」(Plimpton 361)。

登場人物が「全く生きていない」と作者自らが酷評したこの作品は、一度はこうして放棄されたものの、その後一九八〇年代初頭という、奇しくも彼自身が様々な政治的問題に関して積極的に発言し始めた時代の幕開けと同時に再び注目されることとなった。マーティン・エスリンは自身の論文の中で「一九八二年以降、彼の作品は全面的に政治的なものになっていった」と指摘しているが(Burkman & Kundert-Gibbs 27)、実のところ彼の書斎から掘り起こされた、この二十年以上前に書かれた作品こそが、既に指摘したように『景気づけに一杯』(*One for the Road*, 1984)、『山の言葉』(*Mountain Language*, 1988)、『パーティーの時間』(*Party Time*, 1991)、『灰から灰へ』(*Ashes to Ashes*, 1996)と続く一連の本格的な政治劇の端緒となったのである。ピンターは一九九六年のインタヴューで「政治劇が今ほど重要であった時代はこれまでにない」という趣旨の発言をしているが、その直後に「もちろんここで言う政治劇とは、現実の世界を描いたもののことで、でっち上げられた世界やファンタジーの世界を扱ったもののことではない」と付け加えている(*Various Voices* 240)。

『温室』はこれまでのピンター劇に見られたカフカ的な不条理性を踏襲していると同時に、明白に政治的な芝居であり、その点で彼の初期作品群の中では異質な存在感を放っている。多くの先行研究が指摘してきたように、ピンターは極めて政治的な作家であったが、彼が政治体制そのものに由来する恐怖や暴力をテクスト中に直接的な形で描出したのは、興味深いことにこの作品が初めてである。だが、それでは一体なぜこのような特異な性質を持った芝居が、彼のキャリアにおいて突然この時期に現れたのか？　また、当初あまりに「風刺的」であり、人間的でないと評価されていたはずのこの作品が、執筆後およそ二十年の時を経て、如何にして「リアルな世界」を反映した政治劇として作者に定義し直されたのか？　前章ではこの芝居の「再発見」を後期ピンターにおける「政治的転回」の契機として位置づけ、それに先立つ彼のイスラエル訪問に重要な意味を見出したが、他方でここに挙げたような本作それ自体に関する問いには、明確な回答を与えていなかった。喜志哲雄は『温室』完成時のピンターが「悪の根源としての政治体制を明示するどうかという問題」にためらいを見せていたために上演を見送ったのではないかと推察しているが(一〇三)、本章では主に「風刺」という観点からこの作品の内容を再検討した上で、お蔵入りしていた空白の二十年間と突然の発表という謎について考えてみたい。

2 「秩序」の動揺と病気のメタファー

この芝居の舞台となるのは「本省(the Ministry)」によって管轄されている病人のための医療施設——あるいは全体主義体制の反対者たちを「治療する」という名目で拘留する収容所——である。ピンターの作品としては珍しく、本作は組織における権力の構造やその中で繰り広げられる暴力的な権力闘争を明確に描き出しているが、その中でも重要なのは、施設に勤務する職員たちの間に官僚的なヒエラルキーが存在しているという点である。彼らはいわゆる幹部クラスである上級職員と、調理や清掃などを担当する「下級職員(understaff)」に大別される(*One* 221)。劇中で施設の運営面に携わるのはルートやギブス、ラッシュといった前者に属する職員たちだけであるが、例えば患者の母親が訪ねてきた際の対応としてラッシュが話した次のような内容、そしてその形式的な喋り方それ自体から分かるように、組織の運営は極端に官僚化されている。

ですから、と俺は続けた、御子息がここからよそへ移されたとすれば、それが御子息のために一番良かったのだと、そう確信されることとです。こういう処置を取る前には、御子息の症状について徹底的に検討がなされている、この国の最も優秀な頭脳の幾つかが集まっているこの施設の権威ある意見を結集して慎重に考慮した結果なのです。決定を下す前には、想像もつかぬほどの時間と注意を費やし、会議を重ね、関係資料、文書、供述書の山また山を蒐集し、録音を冒頭から結末まで、また結末から冒頭までと再生しております、それも夜中まで。大量の時間、どんな細部も見逃さぬ注意、惜しみなき労働、たゆまぬ努力、当面の問題に対する精根込めた没入、事態のあらゆる側面についての細心なる分析、これらによって、御子息の症状のための最も安全にして有益なる方針が打ち出されたのです。(233)

こうした硬直化した官僚組織の頂点に立つのは元軍人の最高責任者ルートである。彼は組織のナンバー2とおぼしき側近ギブスに対して、「この建物で起こることは例えどんなに些細で末梢的なことであろうと一切を私に報告するのが君の役目だ」と言う(201)。ルート自身の発言によれば、彼はこの施設の三代目の所長であり、前任者が引退する際に後継者として指名された(196)。劇中で彼は前任の所長が熱狂する群衆の前で威厳たっぷりに「諸君、秩序だ！」と呼びかけていた様子を、ギブスに向かって回想しつつ物語る。

私の前任者は、今なお忘れ得ぬあるときに言った――「秩序だ、諸君、何をおいても秩序だ！」私は覚えているぞ、そのときの静寂を、電撃に打たれた顔の列また列、そしてあの人は、金髪の前髪を垂らし、パイプをくゆらし、威風堂々と、軍人らしく直立し、演壇から見下ろしていた。体育館は窒息するほどの超満員、立見席しかなかった。運のいい連中は壁のバーにぶら下がり、微動だにせず、鞍馬に乗っかかっていたんだ。(214)

医療施設の所長が体育館の演壇の上から「窒息するほど超満員」の群衆に対して演説し、「秩序」を訴えかけるという光景はまさしく異様であり、全体主義的な体制を思わせる。ルートはこの回想に続いて、既に銅像になっているという「偉大な」創設者マイクについて語り始めるが、彼の台詞によればこの初代所長は、「本省の許可」や「国家の援助」を得て国中のありとあらゆる場所に同様の施設を次々と建設していった人物である(214)。これらの施設が仮に全て何らかの政治的な収容所であるとすれば、この国はさながら(アレクサンドル・ソルジェニーツィンの言葉を借りれば)

「収容所群島」である。言うまでもなくこうした台詞は、この国が例えばナチ時代のドイツやスターリズム全盛時代のソ連、あるいは冷戦期の東側衛星諸国のように暴力と恐怖に支配されたディストピア的状況にあることを示唆している。前章で指摘した通り、「患者」や「患者志願者」たちが町の果てまで延々と列をなしていたというホロコーストを連想させる描写も、まさにこうした状況を裏づけていると言える。そして興味深いことに、ルートによれば、このマイクという神格化された初代所長の重要な合言葉もまた「秩序」であった(214)。

しかしながら、こうした組織の「秩序」は三代目の責任者ルートの体制下で大きな綻びを見せ始める。そうした組織崩壊の兆しは、例えば第二幕冒頭のタイプライターの故障に始まり(254-57)、ラジエーターの故障と室内温度の上昇(268-70)、インターフォンの不調(276)、更にはタッブという門番の職務放棄(282)、葉巻の爆発(313)と、徐々に深刻さの度合いを増していく。中でも、こうした施設全体の危機的状態を最もメタフォリカルに表しているのは、建物の温度の変化と、何度も繰り返されるラッシュの「雪が解け始めました」という印象的な台詞である。ここではいわば施設それ自体が病気に罹って発熱し、建物全体が次第に「温室」と化していく様子が表現されているが、「なんて暑いんだ、ここは火葬場か?」という発言からも明らかなように(264)、登場人物たちの中でこうした気温の上昇に最も強い不快感を示しているのが所長のルートである。

組織における「秩序」の揺らぎが、この施設そのものが罹患した「病」によって例えられているとすれば、まさにその最大の原因は、文字通り組織の「頭脳」であるべきはずのルートにある。劇の最後で、彼が患者を殺害したり強姦して妊娠させたりしていたことが明らかとなるが、耄碌し記憶力の低下したルート本人は自分の行いを一切覚えていないどころか、まるで他人事のように「自分の部下に強姦犯人がいるというのに、私はそいつの顔も知らんのだ！」と叫ぶ(268)。

堕落し「病んだ」トップの存在によって、組織そのものが病的な状態に置かれている一方で、ナンバー2のギブスはそれに乗じて暗躍し、本省やルートの愛人であるカッツ嬢とも通じて虎視眈々とクーデタの機会をうかがう。前章で説明した通り、ギブスは防音室の中でラムと呼ばれる職員の頭に電極を繋ぎ、彼を洗脳することで自身の権力奪取に利用する。ギブスはカッツ嬢と共にラムに様々な質問を繰り出し、尋問を続けるのである(250-51)。こうした言語行為によって他者を抑圧下に置こうとする試みは、無論『誕生日パーティー』(*The Birthday Party*, 1957)や『景気づけに一杯』といった他のピンター作品にも登場する重要な要素であるが、この芝居ではこうした手段を行使して、患者たちの部屋の鍵を管理するラムをコントロール下に置いたことで、彼らの反抗を利用したギブスのクーデタは成功する。ギブスが主導したこの騒乱の結果、ルートのみならず、協力者だったカッツや彼の野望に感づいていた同僚のラッシュを含む、彼以外の全ての幹部職員たちが惨殺されることとなる。ラムに全ての責任を被せる一方で、彼自身は本省の上官により新たな所長に任命され、生き残った下位職員たちと共に施設の再建を託される。

だが実のところ、ルートはこうした部下の反逆の気配を察知しており、「何かが起こっている」ことを感じて、これから自分が「殺される」のではないかとラッシュに尋ねている(302)。彼の記憶はいささか錯乱しているものの、少なくとも彼は自分とその前任者たちが構築してきたシステムの「秩序」が、徐々に揺らぎ始めていることを感知している。しかしその一方で、同時に彼は次のこと――つまり、歴代の所長たちが築いてきた組織の「秩序」は、このように大きく動揺することはあっても、完全に崩壊することはあり得ないのだということ――をも、恐らく知っていたのではないだろうか？　彼は「病気」の根源である自分が粛清という形で除去されることによって、組織がこれからも半永久的に存在し続けていくことを、理解していたのではなかろうか？

3　何かが起こる／何も起きない

一般に「不条理演劇」や「脅威の演劇」と称されるピンターの初期作品には、例えば二人の殺し屋が部屋の中で標的の訪れを待ち続ける『料理昇降機』(*The Dumb Waiter*, 1957)などに見られるように、常に観客に「何かが起こるのではないか」と思わせるような緊迫した空気が漂う。そして実際に、その予想もしない「何か」は起こるのである(『料理昇降機』においては、標的の突然の登場と同時に暗殺者二人が逆に犠牲者になる)。だが、それとはやや矛盾した言い方になるが、とりわけ彼の中期以降の芝居――例えば登場人物たちが断片化した不明瞭な言語を用いて延々と曖昧な過去の記憶を物語る『風景』(*Landscape*, 1967)や『沈黙』(*Silence*, 1968)などのいわゆる記憶劇――からは、しばしば「結局のところ何も起こらないのではないか」というゴドー的な諦念や、ある種のやるせなさのような雰囲気が濃厚に感じられる。

『温室』はこの両者が完全に同居している作品である。劇中で患者たちは集団で「脱獄」し、抑圧的な支配層を打ち倒し、ルートという指導者を殺す。建物内の温度の上昇と共に高まっていた「何かが起こる」という期待感はこのような反乱という形で満たされる。だが、彼らの反乱は革命ではない。彼らの行為はギブスによって画策された指導者の交代劇でしかなく、ある抑圧者から別の抑圧者へと組織のトップの首がすげ変わっただけに過ぎない。彼らは独裁者を打倒して自由を手に入れた訳でも、官僚的な機構や抑圧的「秩序」を破壊して新たな体制を築き上げた訳でもない。組織やその「秩序」自体は、いくら動揺しようと常に不変なのである。そして更に重要なことに、彼らが暗殺したルートという権力者は、そもそも絶対的な独裁者ですらなかったのである。

カール・シュミットは「独裁とは、特に戦争および反乱といった異常事態を克服する目的で、法的な制限から解放された国家権力を行使することである」と述べて初期のナチズムを擁護したが(五六―五七)、『温室』におけるルートの表象は、まさにこうした絶対的な権力者とは程遠いことが分かるだろう。ヨーロッパ各地に全体主義や独裁体制が台頭した二十世紀の中盤以降、こうした独裁者の表象はチャールズ・チャップリンの映画『独裁者』(*The Great Dictator*, 1940)のみならず、様々な文学作品の中にも描かれてきた。例えばソ連共産党を揶揄したジョージ・オーウェルの『動物農場』(*Animal Farm*, 1945)では、人間による搾取に立ち向かった農場の動物たちの「革命」が、指導者である豚たちによって恐るべき圧政へ向かっていく様子が描かれている。またナチズムへの恐怖から書かれたウィリアム・ゴールディングの寓話小説『蠅の王』(*Lord of the Flies*, 1954)においいては、無人島に不時着した子供たちの共同体が、次第に暴力の支配する独裁体制に変わっていく過程が表現されている。前者では豚たちの首領である「同志ナポレオン」がまさにスターリンそのもののような超越的な権力を掌握しているし、後者においては少年ジャックがアドルフ・ヒトラーを彷彿とさせる指導者に成り上がり、絶大な数の論理で反対派の子供たちを粛清し虐殺する。いずれの作品においても、こうしたキャラクターたちはシュミットが言う「異常事態」に対処するために独裁化し、やがては反対者たちを一掃して神聖不可侵な存在として君臨する。

ピンターが「風刺的」だと評した『温室』における権力者ルートは、これらの小説に描かれた典型的な独裁者のイメージとは決定的に異なっている。また同様の意味で、彼の作品の主人公はサミュエル・ベケットが『カタストロフィ』(*Catastrophe*, 1982)で描いた演出家／独裁者の姿とも大いに様相を異にしている。言うまでもなく、それはルートという人物が組織の掟を超越した絶対的な存在ではなく、組織の頂点にいるはずの彼自身が、実はその組織の「秩序」の中に組み込まれた一部分であるからに他ならない。換言すれば、ハンナ・アーレントが言うところの「凡庸な悪」であるルートは、この「病気」の蔓延した「温室」の単に交換可能な一構成要素に過ぎないのであり、その中で指導者の交代という「何か」は確かに起こりうるにしても、彼自身にそうした秩序そのものを変革するだけの力はないのである。例えば、第一幕冒頭のギブスとのやり取りの中で、ルートは日付や患者の番号といった数字の記憶に関して著しい混乱を見せている。患者を数字で呼ぶというのは彼の前任者が制定した規則であり、現最高責任者のルートでさえ、この規則を変えたくても変えることができない(195-98)。また、同じ個所で彼はいくつかの改革が必要だとも訴えているが、硬直化し極度に官僚化した組織の「秩序」はそれを絶対に許さないのである。

4　風刺の可能性——ヤゴーダ、エジョフ、ベリヤ?

それでは、この作品の一体どこがピンターの言ったように「風刺的」だったのだろうか? この芝居が執筆された当時の歴史的背景を考慮すれば、一つの解釈が浮上する。東西冷戦が続き核の脅威が増大したこの時代の世界に大きな衝撃を与えた事件の一つに、一九五六年二月のソ連共産党大会でニキータ・フルシチョフによって突如繰り広げられた、いわゆる「スターリン批判」がある。フルシチョフはスターリンが「実際の敵ばかりか、党とソヴィエト国家に対して如何なる罪をも犯していない人々を弾圧し肉体的に抹殺」したと述べ(三八)、多くの事件が「捏造」され、拷問による自白の強要がまかり通っていたと断定した。ソ連の新たな指導者となったフルシチョフはここでスターリンの生前の独裁や個人崇拝を徹底的に非難し、その体制下で行われた人類史上最大規模の「大粛清」によって多くの党員や軍人、果ては一般市民までもが無実の罪を着せられて強制収容所に送られ、公正な裁判もないまま処刑されていった実態を暴露したのである。前体制においてまさに「スターリンの主導により」なされていた政治弾圧の事実を、最高指導者のフルシチョフ自らが公表したことにより、これまで西側諸国では闇のヴェールに包まれていた粛清の詳細が次々と明るみに出ることとなった。

ピンターが社会主義的・左翼的な思想に共感を寄せてきたことはよく知られているが、[1]このような政治史上の大事件が、作家としての彼の創作活動にどれほど直接的な影響を与えたのかは残念ながら不明である。しかし少なくとも、この事件の衝撃によって世界的に醸成された空気の中で彼が作品を執筆していたことは間違いないし、実際に、彼は自身の政治的立場を総括した晩年のノーベル賞記念講演の中で、「戦後の時期にソ連と東ヨーロッパ全体で何が起こったのかはみなが知っている」と述べ、その例として「システム化された野蛮な行為、広範な残虐行為、個人の思想に対する容赦ない弾圧」を挙げている(*Various Voices* 289)。こうした事実から、少なくともこの「スターリン批判」とそれに伴う大量の事実の流出が、彼の「風刺」に何らかの題材を与えた可能性を検討してみる価値はあるだろう。

興味深いことに、ルートにしても、彼から地位を奪ったギブスにしても、あるいはその前任者たちにしても、この作品における歴代の所長たちの権限は限定的であり、彼ら自身の運営する施設は本省の完全な管轄下ないし指導下にある。事実、劇中でルートは自身の権威に楯突こうとする気配を見せた部下のラッシュに対して暴力を行使したあと、「俺は代表だ！　俺は委託された！　俺は代表だ！　俺は任命された！」と何度も叫んでいる。またラッシュを床に打倒したあとで彼が発する「俺は公認の代表だ！」という台詞は、作者ピンターによって"I AM AUTHORIZED!"と大文字で強調されている(*One* 306-07)。このとこからも分かるように、ルートを始めとする彼ら歴代の所長たちは、先に挙げたゴールディングの小説や、「スターリン批判」の遥か以前に執筆されたオーウェルの寓話的作品に登場する超越的な独裁者とは異なり、いわば「凡庸なる悪」、あるいは本省という強大な権威の下でのみ自らの影響力を行使することができる、限定的な存在に過ぎないと言うことができる。

こうした点から考えると、ルートやギブスたちの置かれた立場は、むしろスターリン政権下のソ連におけるゲンリフ・ヤゴーダやニコライ・エジョフ、ラヴレンチー・ベリヤのそれに近いのかもしれない。彼ら三人はいずれも秘密警察の歴代長官として悪名高い人物であるが、フルシチョフの「批判」の中では、特に後者二人がスターリンの忠実な部下として大粛清の実行役を担ったことが明らかにされている。これら共産党の幹部たちと『温室』のルートに共通しているのは、彼らがみな、独裁者の威光を背景にして強大な権力を握ったにもかかわらず、最後にはまさに自分たち自身が維持してきたシステム――あるいはその「秩序」――の犠牲になったという点である。事実、ヤゴーダはその後任となるエジョフの陰謀により失脚し、自らが指揮した秘密警察によって逮捕・銃殺されている。またそのエジョフも、自分の部下ベリヤの画策によって自身の地位を追われ、最後は同じく自分が育て上げた組織である秘密警察により逮捕され処刑されている。ベリヤはスターリン死後に副首相となって党と政府の実権を掌握したが、まもなくフルシチョフとの政争に敗れて没落すると歴代長官と同じ運命を辿り、秘密警察によって逮捕されたのち、「スパイ」として殺されている。『温室』における所長ルートも、まさにこうした括弧つきの「権力者」として振る舞うが、結局は彼らと同じく自らが構築し維持してきたはずの秩序やシステムそのものに裏切られ、無残な最期を遂げているると言えるのである。

5　風刺の可能性——東側社会主義国？

もちろん、こうした「読み」の他にも解釈の可能性は無数に存在するし、そもそも作者による「風刺」の対象が単一のものに絞られるとも限らない。またマーク・テイラー＝バティが指摘しているように、ピンターはジョン・オズボーンやアーノルド・ウェスカーといった同時代のいわゆる「怒れる若者たち」と異なり、自らの政治的見解や階級的闘争の対象を劇中で表明することはなかった（Taylor-Batty, *The Theatre of Harold Pinter* 161）。それゆえ、こうした風刺対象に対して、彼が実際にどのような意見を持っていたのかをテクスト中から読み取るのは殆ど不可能に近い。そこで本章では『温室』を単純に反スターリニズムの風刺劇として定義するのではなく、むしろ（彼の初期作品には珍しく）あくまで「風刺的な」要素を多分に含んだ作品として理解するために、その題材を提供した可能性のあるものの一つとして「スターリン批判」に着目した。

ただし、この「批判」そのものが非常に多岐に渡る衝撃的な内容を暴露しており、同時にそれによる影響が当時の国際政治をも著しく動揺させたという点から考えると、当然のことながらまた別のレヴェルから捉えた解釈も浮上する。例えば、仮にこの施設そのものを所長や上級職員たちを支配階級とする一つの国家のメタファーとして読むのならば、先ほどの歴代所長と本省との関係は、さながら東ヨーロッパの衛星国と、それらを事実上の統制下に置くソ連との関係のようにも見えるのではないか。「スターリン批判」の中で、フルシチョフはスターリンがかつてヨシップ・ブロズ・ティトーは「私が小指をちょっと動かせば倒れる」と豪語していたことを暴露している（二〇一一―〇五）。更に、現実にこの「批判」の直後、ソ連はハンガリーで発生した動乱を鎮圧するために軍隊を派遣している。これらのことから明白なように、東欧の衛星国は時としてソ連から内政への直接的な干渉を受けた。こうした点から考えれば、本省の管轄下にある無数の施設のうちの一つを運営するルートの存在は、強大なソ連の支配に怯える衛星国の指導者のイメージとも重なる。しかし、いずれのレヴェルから解釈するにしても、少なくとも明らかなことは、ルートにとって自身の君臨する組織内において括弧つきの「権力者」として振る舞い、先に言及したように暴力を行使することこそ可能であったものの、本省の幹部たちからすれば、実は彼など小指で弾き飛ばせるような、単なる末端の部品に過ぎなかったという点である。

6　何かが起こり、何も起こらない――悲劇性と喜劇性

この芝居がお蔵入りになっていた間に、世界ではヴェトナム戦争やキューバ危機、プラハの春といった大事件が起こり、続いてデタントと呼ばれる緊張緩和の時代が訪れた。しかし一九七九年にソ連が突如としてアフガニスタンに侵攻した事件を契機として、再び東西両陣営の関係は緊張する。世界中で様々な事件や戦争が「起こり」世界情勢は変化したが、冷戦体制や全体主義国家における民衆への暴力や自由の抑圧を覆すような根本的な変革は、何も「起こらなかった」。

ピンターが自分の書斎に長らく眠っていたこの風刺的な作品を「再発見」し、世に問おうと決意したのは、実のところ彼の政治的認識を変える契機となるような何か大きな歴史的事件が「起こった」からではなく、むしろこの作品を執筆して以来、世界に「何も起こらなかった」からではないだろうか？　『温室』において、たとえ暴力によって施設の長が交代しようとも、極度に官僚化・システム化された施設それ自体は崩壊することなく存続し続ける。被支配者たちにとってそこに救いはなく、例え「何か」が起ころうとも、結局は「何も」変わらない。劇中でルートは男の患者を殺し、女の患者を妊娠させるが、「死」と「誕生」の両方の瞬間を暗示したこの芝居は、まさに「死んでゆくこと」と「新たに生まれること」が繰り広げる永久的なループ／サイクルが、皮肉なことにいつまで経っても何も大きな変革をもたらさないまま、機械的に駆動し続ける様子を表現していると言えるのではないか。先に挙げたノーベル賞講演の中で、ピンターは後年の政治劇『山の言葉』について、「それは何時間も何時間も、延々と続いてもおかしくない――同じようなパターンが何度も何度も繰り返され、何時間も何時間も続いてもおかしくない」作品であると述べているが（*Various Voices* 288）、同様のことはこの『温室』にも当てはまると言えるだろう。

一九七九年のメル・グソーによるインタヴューにおいて、ピンターは『温室』を約二十年ぶりに読み返したと述べた上で、「随分と笑える箇所がたくさんあることが分かった」と語っている（Gussow 62-63）。要するに、「何かが起こるが、巨視的に見れば何も起こらない」というこの作品の悲劇性は、彼にとって同時に風刺の効いた一種の喜劇でもあったのである。そして少なくとも、ピンターがかつて自ら放棄したこの芝居を世に出したという事実は、執筆後二十数年を経ても彼の風刺の対象となりうるような現実が変わらずに存在し続けていたということ、更に言えばゴドーはやって来ず、悲惨な世界の本質を変えるようなことが何も起こらなかったということへの怒りと失望が、彼の意識の内にあったということを示唆しているかもしれないのである。

註

（1）例えば一九八〇年代後半、ピンターは妻のアントニア・フレイザーと共に、マーガレット・サッチャー政権に批判的なリベラル派作家たちの会合を催していた。出席者はアンジェラ・カーター、サルマン・ラシュディ、マーガレット・ドラブル、イアン・マキューアン、ジョン・モーティマーなど錚々たるメンバーであった。

第五章　言語、政治、記憶――『管理人』と『帰郷』における禁忌の問題

1　自壊する言語と語られない過去

ハロルド・ピンターの多くの劇作品、とりわけ「記憶劇」と呼ばれる一九六〇年代以降の主な作品群には、人間の記憶が本質的に抱える相対性や曖昧性が巧みに描き出されている。これらの作品において、登場人物たちの用いる不明瞭な言語はしばしば過去の真実を正確に表象せず、それゆえに他者との間に深刻な対立やミスコミュニケーションを誘発する。ピンターは「過去について真実を突き止めるのは不可能でないまでも甚だしく困難な仕事である」と語っているが（*Various Voices* 31）、こうした記憶の曖昧性は多くの場合、言語それ自体の曖昧性と不可分に結びついており、この種の言語の政治的な機能こそが、まさに事実を歪曲・抹消してしまう暴力性を孕んでいるのである。

ピンターが「関心を持つ真実とは舞台の上で話され演じられた真実のみである」とロナルド・ヘ

イマンが述べている通り（Hayman 15）、「ピンタレスク」と形容されるこうした登場人物たちの過去に関する語りの中に、「絶対的な真実」やその痕跡・残滓を発見することは殆ど不可能である。しかし少なくとも、われわれは彼らの矛盾に満ちた言説の内に、しばしば正確に語り得ない真実――つまり、彼らが意図的に他者へ語ることを拒否している真実――が存在するのを見出すことが可能である。実際、サミュエル・ベケットの影響を受けた不条理劇の書き手であるピンターはかつて、「語られる言葉の下に分かっていても語られぬものがある場合がよくあります」と述べ、更に作者として登場人物に「語れないような事柄について語らせることを避ける」ことが必要である旨を説いている（*Various Voices* 32-33）。

ピンターと同世代の第二次世界大戦を体験したユダヤ人たちにとって、「語り得ない真実」とは大戦中に彼らの同胞たちの身に起きた大きな悲劇――すなわちホロコーストであったと考えられる。ピンターと同世代のユダヤ人批評家ジョージ・スタイナーが述べているように、「アウシュヴィッツの世界は、理性を逸脱しているのはもちろん、言いようもないところにある」。彼は続けて言う――「〈語り得ないもの〉について語るのは、言語という生き残りのものを、人道的かつ合理的な真実の創造主として、あるいは担い手として、賭けてみることなのだ[1]」（Steiner 123）。無論、イギリスで生まれ育ったユダヤ人であるピンターは、例えばプリーモ・レーヴィやエリ・ヴィーゼル、ヴィクトル・フランクルといったホロコースト生存者たちとは異なり、絶滅収容所の惨劇そのものを目撃した作家ではない。更に第三章で指摘したように、当然のことながら彼らホロコースト生存者たちにとって、自身の経験は他者や他の事柄と同一化不能なものであり、そうした同一化は「起こり得ない」ばかりか、倫理的に「起こってはならない」ものでもあった（Eaglestone, *The Holocaust and the Postmodern* 21）。

それゆえホロコーストの直接の目撃者ではないピンターは、例えば彼自身がナチス・ドイツのイメージに関する芝居であると述べた『灰から灰へ』（*Ashes to Ashes*, 1996）のように極めて政治的な作品においてさえ、その惨禍を目に見える形では描かなかった。もちろん、ハロルド・ブルームやスティーヴン・H・ゲイルなどが指摘しているように、彼の仕事の背後にはホロコーストへの本質的な恐怖感が確かにあったし（Bloom 1、Gale, *Butter's Going Up* 18）、またマーティン・エスリンが言うように、彼の創造する「非常にプライヴェートな世界」の裏には、多くの「基本的な政治的諸問題」が横たわっていた（Esslin, *The People Wound* 32）。しかしながら、ピンターはそれら多くの劇作品の中で声なき犠牲者たちを代弁しようとはしない。彼がむしろ普遍的な視点から訴えかけるのは、そうした「語り得ない」過去としての記憶が、人々の沈黙や断片化した言語の背後に隠されているという点に他ならなかった。

その最初期の例は、言うまでもなくデビュー作『部屋』（*The Room*, 1957）における主人公ローズであるが[2]、それ以降の作品においても、彼女と同様に「語り得ない過去」を持っていると推察される登場人物が何人も現れる。その中で最も興味深い例の一つは、既に何度も取り上げた前期の政治劇『温室』（*The Hothouse*, 1958; 1980）である。この芝居の中でルートは、部下であるラッシュに向かって言う――「君を見ていると鞭打ちのウォレスを思い出すよ、昔つき合っていた奴だ」。そして彼は、自分の部屋にギブスという別の部下の男が入って来たのにも気づかずに、次のように続ける。

あいつはよく飲み屋のピーターズって奴とつるんでいた。便所のピーターズと俺たちは呼んでいたがね。いつだったかある日、鞭打ちと便所は――彼の左の頬に傷があってね、便所の野郎は――飲み屋の便所で喧嘩に巻き込まれたらしいんだ。(笑う)とにかく、奴ら二人、鞭打ちと便所は、その晩、ユーフラテスの川岸をぶらついていた、すると警官がやって来て……

(*One* 303)

かつて様々な国を旅していたらしいこの男はここで、部下の男に向かって鞭打ちのウォレスと便所のピーターズなる旧友についての昔話を始める。しかしながら、ユーフラテス川の畔で近づいて来た警官に二人が訊問される場面になると、彼はまるで狂気に侵されたかの如く、痙攣的に不可解な笑い声を上げ(ト書きには「彼は笑って言葉が出なくなる」とある)、それに伴って彼の言葉は途切れ、次第に反復的になり断片化し始める。

この警官がやって来て……警官がやって来て……この警官が……近づいて……便所と……それ

に鞭打ちは……詰問された……その晩……ユーフラテス……警官……(303)

ピンター劇にしばしば見られるこうした不明瞭な言語表現は、先に述べたように過去を相対化させ、記憶を曖昧化してしまう作用を持つ。しかしながらここにおいては、そうした言語や記憶そのものが本質的に孕む曖昧性だけが前景化されているのではなく、むしろ語り手の男ルート――つまり認識の主体――にとって「語り得ない」何らかの事実が存在し、そうした恐るべき真実の存在によって彼の言語それ自体が解体を始める様子が、暗に示されていると言えるのではないだろうか。そしてこの言語の自壊によって、語られるべきはずの出来事は語られることなく終わり、「……その晩……ユーフラテス……警官……」というような単語だけが、あたかも語られるはずだった文章の残骸であるかのように浮遊するのである。

『温室』の男が保持する記憶の内容は定かではないが、興味深いのはこうした「語り得ないこと」を語ろうとする際に発生する反射的な言語の自壊が、他者とのコミュニケーションの可能性をも破壊してしまうという点である。先に引用した場面に如実に見られるように、ピンター劇の登場人物たちの言語行為は常にその主体によって完全に制御されている訳ではない。J・L・オースティンなどの言語哲学者たちは全ての言語行為が行為遂行的《パフォーマティヴ》な機能を持つと主張したが、ピンター作品において発話者が何らかの「語り得ない」過去の記憶を物語ろうと試みるとき、そうした記憶の存在そのものが発話を妨げ、正常なコミュニケーションを破壊する。そしてそのとき言語は自ら崩壊し、絶対的な真実の所在は曖昧なままにされるのである。

しかし『温室』の場合とは対照的に、初期ピンターの到達点と考えられる代表作『管理人』(*The Caretaker*, 1959)と『帰郷』(*The Homecoming*, 1964)においては、登場人物たちによりこうした「語り得ない」はずの記憶が「語られ」、それによって必然的に共同体の秩序が動揺する。もちろんこれらの芝居は直接的にホロコーストの恐怖を扱ったものではないが、少なくとも両作品はピンターが生きた「アウシュヴィッツ後」の世界における言語の政治性と記憶を巡る闘争を、多分に反映したものとして理解することができる。しばしば「脅威の演劇」と称され、一九六〇年代以降の記憶劇と明確に区別されることの多いこれらの作品の中で、登場人物たちによって忌避されるそれらの語り得ない記憶は、ある種の禁忌《タブー》として政治的な機能を果たし、恣意的に利用される。両作品の主人公たちにとって、記憶は個人的なものであると同時に集団の専有物である。つまり、血縁関係で結ばれた彼ら個人たちは、禁忌とされる過去の記憶を共有することで連帯の構築や維持を図っているのであり、それを批判したり、あるいは危険を冒してそれを他者に暴露したりする人物は、共同体から異端者として駆除されるのである。本章ではそうした禁忌としての「語られない」はずの記憶が有する政治的な作用を中心に『管理人』と『帰郷』の両作品を読み解き、如何にして登場人物間の正常なコミュニケーションが阻害されていくのかを考察する。

2 『管理人』における記憶の連帯と共同体の維持

まずは、数あるピンター劇の中で最も多く上演されたとされる出世作『管理人』の方から見てみよう[3](Baker, *Harold Pinter* 52)。この芝居の登場人物はアストン、ミック、デイヴィーズの三人の男性のみであるが、そのうちアストンとミックは実の兄弟である。グィド・アルマンシとサイモン・ヘンダーソンはこの二人の関係性について、「ミックとアストンの二人の兄弟は、劇中で表面的には正反対のタイプ――放埒と内向、能動的と受動的、仕事への貪欲な態度と仕事への消極的態度、攻撃的と紳士的、強靭と虚弱など――として存在することによって互いの地位を強化し補完している」と分析している(Almansi & Henderson 55)。ここで述べられているように、この劇においてアストンとミックの兄弟は、全く正反対の性質を持つがゆえに相互補完的な関係性を築いている。

しかしながら、異常に用心深く警戒心が強いミックと対照的に、無防備とも言える兄のアストンは、ふとしたきっかけで自分の部屋に転がり込んできたデイヴィーズという外部の人間に対して、彼ら兄弟の間で恐らく禁忌《タブー》として共有されていると思われる話題――つまり彼がかつて脳に特殊な治療を施されて以来、精神的な障害を負っているという事実――を自ら話してしまう。アストンによる長広舌は極めて曖昧で不明瞭であるが、それによれば、彼はかつて幻覚を見るようになったためロンドン郊外の病院へ半ば強制的に連れて行かれ、そこで医者から次のように宣告されたのだという。

この男が……医者、だったのかな……主任の男が……ずいぶんその……偉そうな男で……本当は、よく分からなかったんだけど。僕を呼んだんだ。それから言った……僕に何とかがあるって。検査の結論が出たって。そう言ったんだ。［中略］……彼は言った、あんたの脳に何かをするって。彼は言った……それをしないとあんたは一生ここにいることになる、しかしそれをやれば、助かるかもしれないって。（*Two* 53）

アストンはこれに続けて、実の母親がこの手術に同意したこと(4)や病室からの脱出に失敗したことなどを語ったあと、彼の目の前で他の患者たちが受けたロボトミー手術の詳細を回想する。

ある夜、僕は最後に残った。だから他の連中がされることはよく見ていた。この……何だかよく分からないけど……大きなペンチみたいな、針金がついてて、針金が小さな機械についてるんだ、これを持ってやって来た。それは電気の何かだった。やられる男を押さえつけて、それでこの主任が……主任の医者が、ペンチをはめる、ちょっとイヤホーンみたいに、それを頭蓋骨の両側に嵌めるんだ。機械を持ってる男がいて、その男が……それを動かすと、すると主任がこのペンチを頭の両側に押しつけてそのままにしてるんだ。それからそれを外す。奴らは男にカバーを被せて……そしてずっと後で触らないんだ。手向かった奴もいたけど、大抵はしな

かった。ただじっと横になっていたんだ。(65)

医者たちは半ば強引にアストンを含む患者たちの脳に電気ショック療法を施したと考えられるが、アストン自身が言う通り、手術後の彼の思考回路は正常な機能を半ば喪失している——「問題なのは……ものを考えるのが……とても遅くなって……全く何も考えられない……どうしても……考えが……まとまら……なくて……ああ……どうしても……上手く……まとまらないんだ」(66)。それに加えて、彼の身体には様々な後遺症が残ったという——「困ったことに……人の言ってることが聞こえないんだ。右も左も見えやしない、まっすぐ前を見てないといけない、だってもし頭を回したら……しゃんと……立っていられないから。それに、この頭痛だ」(66)。ここでアストンの告白は何度も停滞し中断するものの、『温室』におけるルートの語りとは異なり、ここではまだ言語の完全な瓦解や断片化にまでは至っていない。だが彼のこうしたためらいや言い淀みから、少なくともこの恐るべき記憶が、彼にとって語ることの困難なものであるということは確かであると考えられる。

アストンが告白したこれら一連の症状のために、デイヴィーズは彼の発言を全面的に信用することができない。そしてアストンとコミュニケーションを取ることが不可能だと感じていた彼はミックに向けてこのことを揶揄し、アストンを狂人呼ばわりする。そしてこれに怒ったミックは、「あんたは「眠っている間に」音を立て過ぎる」と言ってデイヴィーズをなじる兄アストンの意向に同調し、デイヴィーズを突然「管理人」の立場から解任し追放する。このように、言うまでもなくここでアストンとデイヴィーズとの間で生じるミスコミュニケーションの原因として描かれているのは、「自分の考えを上手くまとめることができない」というアストンが脳や神経に負った後遺症である。しかしこのテクストにおいて、デイヴィーズにとっては軽蔑の対象となったこのミスコミュニケーションの原因が、他方ではアストンと弟ミックとの相互補完的な関係性をより強固にする要素として機能している。喜志哲雄はミックがデイヴィーズを利用することによってアストンの自主性を回復させるように仕組んでいると指摘しているが(一三二)、たとえそこまで言えないにしても、少なくとも劇中でミックは兄が保持する苦痛に満ちた経験の記憶とそれが彼に与えた影響を深く思いやっている。事実、彼はデイヴィーズに対して「人間誰しも兄弟がいたら、尻押ししたいと思う、ちゃんと暮らしてほしいと思う、そうだよな。ぶらぶらさせる訳にはいかない、本人のためによくない。そうだろう」と兄が仕事を嫌っていることを心配する発言をしている(*Two* 47)。このように、脳に電気ショックを加えられた兄アストンのトラウマ的な記憶をミックが共有することで、彼らは(会話によるやり取りがほとんどないにもかかわらず)連帯を維持し、以心伝心のコミュニケーションを保っているのである。しかし正常な判断能力を欠いたアストンは、その記憶を不注意にもデイヴィーズに対して赤裸々に語り、兄弟間の秘密事項を部外者に漏らしてしまう。

ミックは自ら禁忌を破った兄を面と向かって非難する代わりに[5]、第三幕の最後の場面でデイヴィーズが「室内装飾家だと嘘を自称した」と、過去の事実を強引に捻じ曲げて彼を糾弾し追放する。

デイヴィーズが室内装飾家として自己紹介した場面は劇中に見られないが、ミックは「お前は自分が室内装飾家だって言ったな」と決めつける。彼は「そんなこと何も言ってやしない！」と否定するが、最後にミックはこう言い放つ――「え？　さあ、それでは一体なぜ、お前は室内装飾家だとか何だとか嘘八百を並べたんだ？」(69-71)。このミスコミュニケーションの場面において、少なくとも観客はデイヴィーズが室内装飾家の肩書きを舞台上で名乗らなかったことを知っている。そのためわれわれは、ミックのこの根拠を欠いた断定的な言語行為が、デイヴィーズを「管理人」から解任するためのミクロ政治的な事実の改変であると気づくことになる。

ミックはデイヴィーズが兄の過去を知ってそれを嘲笑したことに腹を立てており、兄弟という共同体内部で共有されていたアストンの記憶を揶揄した――つまり禁忌を犯した――という理由で彼を追放するのである。このように、『管理人』においてアストンの衝撃的な過去の記憶を兄弟が共有することは、彼ら共同体の絆をより強固にし、彼らの間の相互理解や暗黙裡のコミュニケーションを成立させる重要な要素となっている。しかしながらそうした「語り得ない」はずの記憶がひとたび第三者に語られてしまうと、それは共同体とその外部の人間との関係性を破壊する作用を持つ。このように、共同体内部のコミュニケーションを保証する禁忌としての記憶は、共同体と外部の他者との間に深刻なミスコミュニケーションを引き起こす可能性を秘めていると言えるのである。

3 『帰郷』における禁忌と共同体の再編

これに対して、『管理人』の五年後に初演されたピンターのもう一つの代表作『帰郷』では[6]、前者と同様に共同体とその外部との間に生じたコミュニケーションの断絶が描かれているのに加えて、共同体内部におけるミスコミュニケーションまでもが表現されている。実際、渡米して大学教授となったテディとロンドン北部の(恐らくユダヤ系と思われる)[7]貧しい家庭に暮らす彼の肉親たち——弟のレニーとジョーイ、タクシー運転手として働く叔父のサム、父マックス——との間に見られる正常な相互理解の不在は、言うまでもなく知識人(共同体外部)と労働者階級(共同体)との間に生じるコミュニケーションの不在である。だがここでは更に、まさにその家庭内においてさえも、過去を理想化し横暴に振る舞う七十歳の家長マックスとその他の人間たちの間で、様々な形式のミスコミュニケーションが生じていると考えられる。L・A・C・ドブジェはこの複雑な作品について詳しく説明する。

異なったやり方で「故郷」に帰還するテディとルースに焦点を絞りつつ、『帰郷』は場所と人間関係の点からアイデンティティの問題を呈示する。「要するに、あなたは誰だ?」という問いかけは「あなたの家庭は、あなたの家族はどこだ?」という質問にパラフレーズできるかもしれない。皮肉なことに、疑わしいバックグラウンドを持つルースは、テディの家族たちと極めて似通っており、テディ自身にはできなかったような仕方で彼らの中に入り込んでいく。

(Dobrez 349)

ここで彼が示唆しているように、この作品における「帰郷」とは、テディの故郷への帰還と言う文字通りの意味だけではなく、かつていかがわしいヌード・モデルもしくは娼婦をしていた彼の妻ルースが、大学教授の夫人という社会的地位を捨てて自分の本来の世界へと「帰郷」することをも含意している。そして両者にとっての「帰郷」は対照的な結果となる。知的エリート世界の住人となったテディは自身の故郷を「汚らしい場所」だと仄めかし、妻に対して一緒にアメリカに戻るように要請する。

テディ：向うじゃ僕たちより六時間遅いんだ……つまり今……ここの時間より遅いんだ。子供らは今頃プールだろう……泳いでるだろう。考えてみろよ。向うじゃ朝なんだぜ。陽が昇っていて。どっちみち帰るんだろう？　それに向うは清潔だ。

ルース：清潔。

テディ：そうさ。

ルース：ここは不潔なの？

テディ：いや、勿論そうじゃないさ。でも向うはもっと清潔なんだ。(*Three* 62-63)

更にその後で彼は再び次のように強弁する。

帰ったら、僕の講義の準備を手伝ってくれよ。大好きなんだ、手伝ってもらうの。ありがたいと思ってるんだ、本当。帰ったら十月まで泳げる。そうだろう。ここじゃ泳ぐ場所なんかない、道の向こうのプールだけだ。それもどんなものだと思う？　まるで便所だ。汚らしい便所だ！（63）

テディのこうした態度の一方で、「便所」のような「汚らしい」場所に親和性を感じるルースは単身そこに留まり、性的魅力を武器にして、自分を利用しようと企む男たちを逆に手玉に取っていく。のみならず、彼女は自分を街娼として働かせようとするレニーやマックスたちに対して逆に様々な要求を突きつけ、それらをことごとく認めさせるのである。このような彼女の姿と重なるのは、劇中でしばしば登場人物たちの話題に登る、今は亡きマックスの妻ジェシーである。

母親不在の家庭において、父親マックスは暴力を振りかざして男たちを支配下に置いているのみならず、自ら料理を担当することで、母の役割をも代行している。しかしながら、数年前に死んだジェシーの記憶は彼らのこうした共同体の上に未だに大きな影を落としており、特にマックスの物語る彼女は理想の母親／妻として、極端に美化されている。事実、彼はジェシーのことをルースたちに向かって次のように語る。

わしの女房はな、このせがれどもが今知っとる知識を全部教え込んだんだ。こいつらが知っとる道徳を全部教え込んだんだ。生きていく基準となるどんな些細な道徳も――こいつらは全部おふくろに教わったんだ。それにあいつは道徳心に負けねぇ愛情を持っていた。素晴らしい愛情だ。なあサム？　いいか、遠回しに言ったってしょうがねえ、ズバリ言おう。女房は我が家のバックボーンだったんだ。つまり、わしは四六時中、店の仕事に追われていた。わしは肉を捜しに国中を駆けずり回った、わしは着々と成功していった。だがわしは鉄の意志と黄金の愛情と知性を持った女房を放ったらかしにした。(53-54)

芝居の終盤においてレニーが売春斡旋業に従事していることや、ジョーイと共にかつて女性を強姦しようとしたらしいことが彼らの会話から仄めかされるが、これらのことを考慮に入れると、皮肉なことにジェシーが彼ら子供たちに教えたとマックスが言う「道徳(morality/moral codes)」とは、実のところこの種の「汚れた」、もしくは堕落した生き方に他ならなかったのではないだろうか？マックス自身は、「あれの汚らしい顔を見ると吐き気を催した」(17)、「わしはこの家に淫売を連れてきたことはなかった、お前のおふくろが死んでから一度も」(50)、あるいは「だらしのない尻軽の妻」(55)などと、テクスト中で幾度かジェシーが娼婦的な女性であったことを漏らしているものの、彼や他の登場人物たちはほとんどの場合、亡きジェシーを理想化し、優れた母親／妻として称賛する。

しかしながらこうした美化された記憶は、共同体の構成者であったはずのサムにより完全に破壊される。終盤、作中人物の中でただひとり良心を持ち合わせ、なおかつミソジニスティックな特性を持つサムは、彼女がかつて車の後部座席でマックスの親友マクレーガーと交わっていたという事実を突如暴露し、床の上に倒れる。彼は叫ぶ――「マクレーガーは俺が運転していたとき俺の車の後部座席でジェシーをものにしたんだ」(86)。マックスは彼の発言を「病的な想像力」だと非難するが、ここから明らかなように、ジェシーは母親であると同時に娼婦的な存在に他ならなかった。先に引用した発言でマックスは、自分が仕事で忙しくしている間ずっと妻を家庭に放ったらかしにしていたと述べているが、実際の彼女は家の中に留まっているどころか、マクレーガーと不倫の関係にあったのである。サムのこの告発は、目の前のルースにジェシーと同様の相反する二面性を見出した彼が、家族という共同体の禁忌を破り、(その中で暗黙の了解となっていたであろう)ジェシーの密通という「語り得ない」はずの記憶を語ることによって、ルースが性的魅力を武器にして男たちを支配下に置く現状に異議申し立てを行う行為であったと言える[8]。しかしサムは結果的に共同体のコミュニケーションから排除され、真実の告発に死力を尽くしてその場に倒れた彼の身体は、あたかも「死骸」のように晒され放置される。

クリスティン・モリソンはこの劇を男女間の「権力を巡る闘争」と定義しているが(Morrison 185)、実際にルースは自分と同じ性質の男たちに取り入って彼らを逆に影響下に置くことに成功する。要するにそれは、マーク・タイラー＝バティが指摘しているように、「主婦」の帰郷であると同時に「性的刺激の提供者」の帰郷に他ならなかった（Taylor-Batty, *About Pinter* 40）。そして最後の場面に象徴的に描かれているように[9]、かつてのジェシーの地位に収まったルースは、性的能力の減退した年寄りのマックスをも共同体から排除する（*Three* 88）。母親の代行者としての立場に加え父親の威厳すらも喪失した彼は、「わしは年寄りじゃねぇ」「キスしてくれ」とすすり泣きながらルースに対し惨めに懇願するが、彼女はそれに対して如何なる反応も見せず、彼らの間のコミュニケーションは完全に断絶する（89-90）。セクシュアリティの力学により権力を手にしたルースの下で共同体は再編され、こうして新しい秩序が形成されたのである。このように、『帰郷』では共同体内部と外部の人間とのコミュニケーションの断絶だけではなく、『管理人』よりも更に一歩進んで、共同体内部にいた人間までもが、ルースという（ジェシーの再来ともいえる）新たな権力者の登場と共にコミュニケーションから排除され、それと同時に彼らの保持する過去の不都合な記憶が駆逐されてしまう過程が表現されているのである。

4　記憶の政治性とその利用

「劇場のために書くこと」（"Writing for the Theatre", 1962）という有名なエッセイの中で、ピンターはかつて「沈黙には二つあります」と語り、「一つは言葉が全く語られていないときのものです。もう一つは、恐らく奔流のような言葉が語られているときのようなものです。この言葉はその下に閉じ込められているもう一つの言語について語っています」と述べた。更に彼はこう付け加える——「ある意味では、台詞というものは赤裸な状態を覆うために絶えず用いられる仕掛けだと言えます」(*Various Voices* 33-34)。このように、ピンター劇の登場人物たちにとって、語られている言葉の背後にさえ、実は語り得ない過去の経験や記憶が存在している。そして『温室』などに見られるように、それらを語ろうとする試みはしばしば破綻する。

こうした彼の発言や作風の背景にあるのは、恐らくホロコーストの記憶を巡る戦後の闘争に対しての痛切な問題意識である。ポール・リクールが述べているように、否定論者たちの台頭を前にして、「語り得ないもの」について語ること——もしくは「ある種の証言の極限のケース」について語ることは「証言の真の危機を引き起こすほどに問題となる」。彼は次のように続ける。

なぜこの種の証言が歴史叙述の過程で、例外をなすように見えるのか。なぜならその証言は、歴史文書化の作業がそれに答えず、不適当とさえ見え、更には場違いでもあるような、受容の問題を喚起するからである。問題はまさに異常な極限経験に関わる——その経験は、共通の理解力を持つように教育された聞き手の限られた、普通の受容能力に出会おうとして、困難な道を切り拓いていく。その理解力は、状況、感情、思想、行動の平面で、人間として似ているという感覚を土台にして養われた。ところが伝達しようとする経験は、普通の経験とは共通の尺度を持たない非人間性の経験である。(『記憶・歴史・忘却』上巻、二六七―六八)

ここでリクールが説明しているように、これらの想像し得ない経験はあまりにわれわれの日常とかけ離れているがゆえに、そうした語り得ない真実がひとたび語られると、人々の間には計り知れない衝撃が引き起こされる。それによって生存者たちは語ることを躊躇ないし拒否し、その結果、完全なる沈黙が訪れるのである。

もちろん、ここでジェシーの過去やアストンの経験をホロコーストの語り得ない記憶と同一視することは適切ではないだろう。だが少なくとも、ピンターの主要な意図は人類史上における同一化不可能な大事件を架空の小さな共同体内のタブーと同一化することではなく、あくまで集合的記憶の中に潜む暴力性を象徴的に描き出すことであったと言える。確かに、『管理人』と『帰郷』は主題の上でホロコーストの記憶とは無関係に思えるかもしれないが、これらの作品において、禁忌としての記憶は語られない限りにおいて共同体の連帯とコミュニケーションを維持する装置として働く。しかし「語り得ない」はずの禁忌がひとたび「語られ」ると、それによって共同体の秩序は動揺するのである。ピンターはそこで「語り得ない」、あるいは「語られるべきではない」はずの過去がなぜ語られ得たのかについては明確な回答を呈示せず、さらにそれらの内容に関する信頼性も担保しない。

けれどもむしろここで重要なのは、彼がこれらの作品中で、共同体の記憶が持つ排他性を人間同士のミクロの政治学として提出しているという点である。換言すれば、集団の記憶それ自体が政治性を孕んでいるのである。現実の世界を見渡してみれば、こうした例はまさに、残虐の記憶を共有することで強固に団結しつつ外部に対して強烈な排他性や攻撃性を見せるユダヤ人国家、イスラエルの姿勢にも通じるところがあるのかもしれない。そしてこうした点から考えれば、ベケット的な独白の手法を駆使して記憶の歪曲や言語の曖昧性といった主題を更に前景化させていくことになる中期以降のピンター作品においてさえも、そこには彼のポスト・ホロコースト時代を生きるユダヤ人としての、言語や記憶に対する強い問題意識が反映されていると言うことができるだろう。本章で扱った『管理人』や『帰郷』などの初期の代表作には既にその萌芽が現れているのみならず、そこには集合的な記憶やそれを物語る言語それ自体が有する政治的機能がより率直な形で描かれている。元来、彼の芝居は政治劇や記憶劇といったジャンルに分類された上で論じられることが多かったが、少なくともこれらのテクストにおいて、禁忌としての記憶とそれについての言説は、個人ないし共同体によって恣意的に利用され、ミクロの政治学を駆動させる役割を果たしているのである。

註

（1）翻訳はジョージ・スタイナー『言語と沈黙——言語・文学・非人間的なるものについて』由良君美訳（東京：せりか書房、二〇〇一年）を参照。

（2）主人公であるローズは、最後の場面に突如として現れる謎めいた盲目の黒人や、彼が仄めかす父親との何らかのトラウマ的な過去について一切を明かそうとはしない。

（3）この作品には様々な解釈が存在する。例えば、劇中に描かれる人物の相互関係を、ユダヤ人やコモンウェルス諸国からの移民のメタファーとして読み解いた研究もある（Woodroffe 488-508）。

(4) タイラー＝バティはこれについて、母親と子供という最も基本的な人間同士の結びつきの内にアストンにとって心を痛めるような裏切り行為があったのではないかと推測している(Taylor-Batty, *The Theatre of Harold Pinter* 45)。

(5) もっとも、彼はここでアストンが大切にしていた仏像を床に投げつけて破壊することで、兄に対する無言の怒りを表現している(*Two* 72)。

(6) エミル・ロイが指摘しているように、この作品の大まかな構造や粗筋は、アントン・チェーホフの影響下で書かれたジョージ・バーナード・ショーの舞台劇『傷心の家』(*Heartbreak House*, 1919)と幾つもの類似点を持っている(Roy 335-48)。

(7) ビリントンによれば初演以降、この作品は常に「典型的なユダヤ人家族のドラマ」として受容されてきた(Billington 162)。また、この作品にポストモダン的ユダヤ系思想の影響を読み取る研究も存在する(Krasner 478-97)。

(8) この劇に登場する男たちのルースを巡る態度を確認しておくと、次のようになる。すなわち、家長マックスとポン引きの次男レニーは彼女を積極的に街娼に仕立て上げようとする。三男のジョーイも一応これに賛同するが、他方で彼はルースを自らの性欲のはけ口として家庭内に留めておきたい旨をも表明している。ルースの夫で長男のテディは後半になると殆ど台詞もなく沈黙するが、妻を置いて単身アメリカに戻ることから夫婦間の関係は既に相当冷え切っているものと推測される。テディを除く共同体のメンバーの中で、マックスの弟サムはルースを街娼として働かせようとする男たちの企みに関与しなかった唯一の人物であり、恐らくマックスらの言動やルースの存在そのものに反発していたものと考えられる。

(9) この最後の場面ではルースがマックスの椅子に「リラックスした様子で」座り、跪いたジョーイの頭を撫でる。他方でレニーは傍にじっと立ち尽くし、マックスはすすり泣きながら両膝をつき、彼女の方へ這い寄っていく。

終わりに

本書のハロルド・ピンター論の多くの部分は、元を辿れば大学院時代に執筆した修士論文に遡る。筆者のピンターとの最初の出会いは、学部時代である。もともと慶應義塾大学の英米文学専攻で、戦後イギリスの小説家ウィリアム・ゴールディングについての卒業論文を書いていた筆者は、大学院進学を考えていた頃、偶然ピンターの作品を知り、その強烈な魅力に取り憑かれた。ピンターをテーマに修士論文を書こうと考えた筆者は、サミュエル・ベケットの研究で国際的にも著名な田尻芳樹先生の所属する東京大学大学院総合文化研究科の言語情報科学専攻に移った。恩師である田尻先生の指導の下で、ピンターとホロコーストの関わりについての修士論文を書き上げた筆者は、しかしながら博士課程進学を機に演劇研究を離れてしまい、再び戦後小説の研究に戻った。

筆者はその後ロンドンに留学したが、渡英直後に——冒頭の「はじめに」にも記した——イアン・マッケランとパトリック・スチュワート主演の『誰もいない国』をウエスト・エンドのウィンダムズ劇場で鑑賞し、大きな刺激を受けた。更に没後十年となる二〇一八年から翌年にかけて、今度はハロルド・ピンター劇場でPinter at the Pinterと題したシリーズが始まり、主要作品が斬新な演出で次々に再演されたため、筆者は彼の芝居を観に頻繁に劇場に通うこととなった。

イギリスの劇場で観るピンター劇は、日本で観たものよりも遥かに面白かった。折しも本場ロンドンで思いがけずピンター・リヴァイヴァルに遭遇した筆者は、こうして彼の作品の魅力を再確認したのである。またちょうどその頃、筆者はサウス・バンクにあるナショナル・シアター一階の書店で、ピンターの二番目の妻アントニア・フレイザーが書いた『私たちのイスラエル日記、一九七八年』という小著を見つけた。この本は第三章で紹介したように、夫ピンターと共にイスラエルを訪問した際の彼女の日記であり、二〇一七年に出版されたばかりであった。この本と出会ったことで、筆者はピンターの作品に見られる記憶の政治学やミスコミュニケーションを、彼のユダヤ人としての側面や、彼のホロコーストに対する問題意識との関わりから読み解いた自分の研究が、全く的外れなものではなかったことを思い知り、大いに勇気づけられたのである。

筆者はこうした経緯から、ピンターに関する自身のこれまでの論考を一冊の本としてまとめようと決心した。そこで本書が生まれた訳だが、先述した修士論文を改稿した二本の雑誌論文が、ここでは第一章と第二章、そして第五章の基になっている。これらに対して、第三章と第四章の原型になった論考は、それぞれまた別の機会に執筆されたものである。このように各章は書籍や学会誌、あるいは大学紀要などに発表済みの文章に基づいているため、ここに初出情報を簡単にまとめておきたい(ただし、学会や研究会での口頭発表については省略した)。

第一章・第二章

"After the Holocaust: The Politics of Memory and Distorted Communication in Harold Pinter's Plays"『言語態』（東京大学駒場言語態研究会）第一四号（二〇一五年）一八七―二一九頁

第三章

「死産するスタンリーと声の剥奪――ハロルド・ピンター『誕生日パーティー』試論」『シュレミール』（日本ユダヤ系作家研究会）第一五号（二〇一六年）一一―二三頁

「ハロルド・ピンターの政治劇におけるユダヤ性、記憶、声の剥奪」『ユダヤの記憶と伝統』（広瀬佳司・伊達雅彦編）彩流社、二〇一九年、二三一―二四七頁

第四章

「何かが起こる／何も起きない――ハロルド・ピンター『温室』における風刺的イメージ」『世界文学』（世界文学会）第一二〇号（二〇一四年）七七―八五頁

第五章

"Language, Politics, and Taboo Memory: Harold Pinter's *The Caretaker* and *The Homecoming* as Post-

Holocaust Dramas"
『言語情報科学』(東京大学大学院総合文化研究科言語情報科学専攻)第一四号(二〇一六年)
一二五—一三八

最初の二章の基になった『言語態』掲載の英語論文は、先述したように筆者の修士論文の一部を改稿したものである。だがこの度、本書への収録のために日本語に訳す際、更に大幅に手を入れて書き直した。ちなみにこの論文を第一章と第二章に分けたのは、翻訳した場合、一つの章としてはあまりに長くなり過ぎるからである。第三章は『シュレミール』という雑誌と『ユダヤの記憶と伝統』という論文集にそれぞれ発表された論考に基づく。ちなみに前者を刊行する日本ユダヤ系作家研究会のメンバーが、後者においても主な執筆陣となっている。そういった経緯もあり、『ユダヤの記憶と伝統』に収録された文章は『シュレミール』掲載の論文に大幅に加筆したものになっている(ただし本書に収録するに当たり、他の章と著しく重複する部分については削った)。続く第四章は『世界文学』という学会誌に発表した文章が初出であるが、あまり大きな変更はない。最後の第五章は、『言語情報科学』という東大の紀要に掲載された英語論文が基になっている。これは修士論文の最後の章を独立した論文にしたものであるが、本書収録に当たっても(日本語に訳した以外は)それほど内容を変更していない。

＊

この本を書くにあたって、多くの方々にお世話になりました。特に、大学院時代の指導教官で恩師である田尻芳樹先生、本郷でピンター読書会を開いて下さった東京大学名誉教授の大橋洋一先生には、この場を借りて改めて感謝の意を表したく存じます。また、読書会や研究会、学会、あるいは修論審査の場で貴重なコメントを下さった先生方にも深く感謝を申し上げます。最後に、福原記念英米文学研究助成基金（福原賞）の出版助成によってこの本を刊行することができました。審査して頂いた先生方や関係者の皆様に厚く御礼申し上げます。

ハロルド・ピンター略年譜

Mark Tayler-Batty, *The Theatre of Harold Pinter* (London: Bloomsbury, 2014), pp. 268-72及び、William Baker, *A Harold Pinter Chronology* (London: Palgrave Macmillan, 2013) を参考に作成した。なお、ピンターが脚本を担当した映画に関して、日本で公開されたものは邦語タイトルを記した。

一九三〇年
十月十日金曜日、ロンドン・ハックニーのニューイントン・グリーンで生まれる。

一九三九年
第二次世界大戦中、イングランド南西部コーンウォールに疎開。

一九四四年—四八年
ハックニー・ダウンズ・グラマースクールに通う。

一九四八—四九年
ロンドンの王立演劇学校 (RADA) で演技を二学期間学ぶ。

一九四九年
良心的徴兵拒否。

一九五〇年
二編の詩が『ポエトリー・ロンドン』(*Poetry London*) に掲載される。

一九五一―五三年
一学期間、ロンドンのセントラル・スクール・オブ・スピーチ・アンド・ドラマで演技を学ぶ。
俳優アニュー・マクマスターの劇団で俳優として舞台に立ち、アイルランド巡業に出る。
小説『小人たち』(*Dwarfs*) 執筆。

一九五四―五七年
俳優として活動。

一九五六年
女優のヴィヴィアン・マーチャントと結婚。

一九五七年
五月十五日　ブリストル大学で処女作『部屋』(*The Room*) 初演。

一九五八年
二月二十八日、『料理昇降機』(*The Dumb Waiter*) が西ドイツのフランクフルトで初演。
四月二十八日、『誕生日パーティー』(*The Birthday Party*) アーツ劇場で初演。
長男が誕生。
『温室』(*The Hothouse*) 執筆。しかし一九八〇年までお蔵入り。

一九五九年
七月九日、ラジオ劇『かすかな痛み』(*A Slight Ache*) がＢＢＣサード・プログラムで放送。

一九六〇年
一月二十一日、『部屋』との二本立てで英国での『料理昇降機』初演(於ハムステッド劇場)。

三月一日、ラジオ劇『夜遊び』(*A Night Out*)がBBCで放送。

四月二十四日、『夜遊び』のテレビ版が英国ABCで放送される。

四月二十七日、『管理人』(*The Caretaker*)アーツ劇場で初演。

七月二十七日、テレビ劇『ナイト・スクール』(*Night School*)がARTVで放送。

十二月二日、ラジオ劇『小人たち』(*Dwarfs*)がBBCサード・プログラムで放送。

一九六一年

五月十一日、テレビ劇『コレクション』(*The Collection*)がARTVで放送。

一九六二年

六月十八日、『コレクション』がロイヤル・シェイクスピア・カンパニーによって舞台用に翻案され初演。

一九六三年

三月二十八日、テレビ劇『恋人』(*The Lover*)がARTVで放送。

六月、脚本を担当した映画版『管理人』公開。

九月十八日、舞台用に翻案された『恋人』と『小人たち』がアーツ劇場にて二本立てで初演。

十一月、脚本を担当した映画『召使』(*The Servant*)公開。

一九六四年

七月、脚本を担当した映画『女が愛情に渇くとき』(*The Pumpkin Eater*)公開。

一九六五年

三月二十五日、ラジオ劇『ティー・パーティー』(*Tea Party*)がBBCで放送。

六月三日、『帰郷』(*The Homecoming*)オールドウィッチ劇場で初演。

一九六六年
大英帝国勲章CBE受勲。
十一月十日、脚本を担当した映画『さらばベルリンの灯』(*The Quiller Memorandum*) 公開。

一九六七年
二月、脚本を担当した映画『できごと』(*Accident*) 公開。
二月二十日、テレビ劇『ベースメント』(*The Basement*) がBBCテレビで放送される。

一九六八年
最初の詩集が出版される。
四月二十五日、ラジオ劇『景色』(*Landscape*) がBBCで放送される。
十二月、脚本を担当した映画版『誕生日パーティー』公開。

一九六九年
『景色』の舞台版と『沈黙』(*Silence*) がオールドウィッチ劇場で二本立てで初演。

一九七〇年
ドイツ・シェイクスピア賞受賞。

一九七一年
六月一日、『昔の日々』(*Old Times*) がオールドウィッチ劇場で初演。
七月二十九日、脚本を担当した映画『恋』(*The Go-Between*) 公開。

一九七二年
マルセル・プルーストの小説『失われた時を求めて』の映画化脚本を執筆するも、映画は未公開。

一九七三年
オーストリア国家賞受賞。
四月十三日、テレビ劇『独白』(*Monologue*) がBBCテレビで放送される。
十月、脚本を担当した映画版『帰郷』公開。

一九七五年
四月二十三日、『誰もいない国』(*No Man's Land*) がナショナル・シアターで初演。

一九七八年
十一月十五日、『背信』(*Betrayal*) がナショナル・シアターで初演。

一九八〇年
四月二十四日、長らくお蔵入りしていた『温室』がハムステッド劇場で初演。
ヴィヴィアン・マーチャントと離婚。
不倫関係にあった歴史作家のアントニア・フレイザーと再婚。

一九八一年
一月二十二日、ラジオ劇『家族の声』(*Family Voices*) がBBCで放送される。
八月、脚本を担当した映画『フランス軍中尉の女』(*The French Lieutenant's Woman*) 公開。

一九八二年
十月十四日、「別の場所」(*Other Places*) と題して、舞台版の『家族の声』及び、『いわばアラスカ』(*A Kind of Alaska*)、『ヴィクトリア駅』(*Victoria Station*) がナショナル・シアターにて三本立てで初演。

一九八三年
二月、脚本を担当した映画版『背信』公開。
一九八四年
三月十三日、『景気づけに一杯』(*One for the Road*) がリリック劇場で初演。
一九八五年
十一月、脚本を担当した映画『タートル・ダイアリー』(*Turtle Diary*) 公開。
一九八八年
十月二十日、『山の言葉』(*Mountain Language*) がナショナル・シアターで初演。
一九八九年
七月、脚本を担当した映画『リユニオン——再会』(*Reunion*) 公開
一九九〇年
長らく未発表だった小説『小人たち』出版。
十一月、脚本を担当した映画『迷宮のヴェニス』(*The Comfort of Strangers*) 公開。
一九九一年
十月三十一日、『パーティーの時間』(*Party Time*) がアルメイダ劇場で初演。
一九九二年
十一月、脚本を担当した映画『トライアル——審判』(*The Trial*) 公開

一九九三年
九月七日、『月光』(*Moonlight*)アルメイダ劇場で初演。

一九九五年
デヴィッド・コーエン英文学賞受賞。

一九九六年
ローレンス・オリヴィエ障害特別功労賞を受賞。
九月十二日、『灰から灰へ』(*Ashes to Ashes*)英国での初演(於アルメイダ劇場)。これに先立つ同年の世界初演はオランダ。
ジョン・メージャー首相から打診されたナイト爵位を拒否。

一九九七年
フランスのモリエール賞受賞。

一九九八年
エッセイ、詩、インタヴューを集成した『様々なる声』(*Various Voices*)出版。後に二〇〇五年と〇九年に増補版が出版。

二〇〇〇年
三月十六日、『祝宴』(*Cerebration*)がアルメイダ劇場にて『部屋』との二本立てで初演。
十一月二十三日、プルーストの同名小説の舞台化『失われた時を求めて』(*Remembrance of Things Past*)がナショナル・シアターで初演。

二〇〇一年
食道癌と診断される。

二〇〇三年
詩集『戦争』(*War*) 出版。
二〇〇四年
ウィルフレッド・オーウェン賞受賞。
二〇〇五年
フランツ・カフカ賞受賞。
ノーベル文学賞受賞。
二〇〇六年
ヨーロッパ演劇賞受賞。
二〇〇七年
フランスのレジオン・ドヌール勲章授与。
十一月、脚本を担当した映画『スルース』(*Sleuth*) 公開。
二〇〇八年
十二月二十四日、癌により死去。享年七十八。

主要参考文献

一次文献

Pinter, Harold, "Introduction: Writing for Myself", in *Complete Works Two* (New York: Grove, 1977), pp. 9-12.

——, "Introduction: Writing for the Theatre", in *Complete Works One* (New York: Grove, 1976), pp. 9-16.

——, *Plays One* (London: Faber and Faber, 1991).

——, *Plays Two* (London: Faber and Faber, 1991).

——, *Plays Three* (London: Faber and Faber, 1997).

——, *Plays Four* (London: Faber and Faber, 2005).

——, *Various Voices: Sixty Years of Prose*, Poetry, Politics 1948-2008 (London: Faber and Faber, 1998).

ピンター、ハロルド『何も起こりはしなかった——劇の言葉、政治の言葉』喜志哲雄編訳（東京：集英社、二〇〇七年）

——『ハロルド・ピンター全集』全三巻、喜志哲雄・小田島雄志・沼澤洽治訳（東京：新潮社、二〇〇五年）

——『ハロルド・ピンター1：温室／背信／家族の声 ほか』東京：早川書房、二〇〇九年）

——『ハロルド・ピンター2：景気づけに一杯／山の言葉 ほか』東京：早川書房、二〇〇九年）

——『ハロルド・ピンター3：灰から灰へ／失われた時を求めて ほか』（東京：早川書房、二〇〇九年）

二次文献

Almansi, Guido and Simon Henderson, *Harold Pinter* (London: Methuen, 1983).

Arendt, Hannah, *Between Past and Future: Six Exercises in Political Thought* (New York: Viking Press, 1961).［ハンナ・アーレント『過去と未来の間』引田隆也・齋藤純一訳（東京：みすず書房、一九九四年）］

——, *Crises of the Republic: Lying in Politics, Civil Disobedience, On Violence, Thoughts on Politics and Revolution* (Harcourt Brace Jovanovich, 1972).［ハンナ・アーレント『暴力について——共和国の危機』山田正行訳（東京：みすず書房、二〇〇〇年）］

——, *Eichmann in Jerusalem: A Report on the Banality of Evil* (Viking Press, 1994).

——, "Totalitarian Imperialism: Reflections on the Hungarian Revolution", in *The Journal of Politics*, vol. 20, n. 1 (February 1958): pp. 5-43.
Austin, J. L., *How to Do Things with Words* (Oxford: Clarendon Press, 1962).
Baker, William, *Harold Pinter* (London: Continuum, 2008).
——, *A Harold Pinter Chronology* (London: Palgrave Macmillan, 2013).
Baker, William and John C. Cross. *Harold Pinter: A Bibliographical History* (London: British Library, 2005).
Baker, William and Stephen Ely Tabachnick, *Harold Pinter* (Edinburgh: Oliver & Boyd, 1973).
Begley, Varun, *Harold Pinter and a Twilight of Modernism* (Toronto: University of Toronto Press, 2005).
Bernard, Kenneth, "Pinter's The Homecoming", in *The Explicator*, vol. 52, n. 2 (winter 1994): pp. 116-19.
Billington, Michael, *Harold Pinter* (London: Faber and Faber, 1996; Revised 2007).
Bloom, Harold. H. ed., *Harold Pinter* (New York: Chelsea House, 1987).
Bold, Alan. ed., *Harold Pinter: You Never Heard Such Silence* (London: Vision and Barnes & Noble, 1984).
Brewer, Mary F. ed., *Harold Pinter's The Dumb Waiter* (New York: Rodopi, 2009).
Brown, John Russell, *The Theatre Language: A Study of Arden, Osborne, Pinter and Webster* (London: Allen Lane the Penguin Press, 1972).
Buck, R. A., "Pinter's *The Dumb Waiter*", in *The Explicator*, vol. 56, n. 1 (fall 1997): pp. 46-48.
Burkman, Katharine H., *The Dramatic World of Harold Pinter: Its Basis in Ritual* (Columbus: Ohio State University Press, 1971).
Burkman, Katharine H and John L. Kundert-Gibbs. eds., *Pinter at Sixty* (Indianapolis: Indiana University Press, 1993).
Butler, Judith, *Precarious Life: The Powers of Moaning and Violence* (London: Verso, 2004).〔ジュディス・バトラー『生のあやうさ——哀悼と暴力の政治学』本橋哲也訳(東京：以文社、二〇〇七年)〕
Cahn, Victor L., *Gender and Power in the Plays of Harold Pinter* (London: Macmillan, 1994).
Cardullo, Bert. "Pinter's *The Homecoming*", in *The Explicator*, vol. 46, n. 4 (summer 1988): pp. 46-48.
Carpenter, Edmund & Marshall McLuhan. eds., *Explorations in Communication* (Boston: Beacon, c1960).
Charney, Maurice, "Pinter's Fractured Discourse in *The Homecoming*", in *Connotations*, vol. 21, n. 2-3 (2011/2012): pp. 241-55.
Chiasson, Basil. *The Late Harold Pinter: Political Dramatist, Poet and Activist* (New York: Palgrave Macmillan. 2017).

Chomsky, Noam, *Media Control* (2nd edition; New York: Seven Stories, 2002).
Crowley, David & Paul Heyer. ed., *Communication in History* (New York: Longman, 1991).
Curran, James, *Media and Power* (London: Routledge, 2002).
Derrida, Jacques, *Limited Inc*, trans. by Samuel Weber and Jeffrey Mehlman (Evanston, IL: Northwestern University Press, 1988).
Devine, Michael, "Returning to Roots: Pinter as Alternative Theatre Playwright", in *ELOPE: English Language Overseas Perspectives and Enquiries*, vol. 9. n. 1 (2012): pp. 41-49.
Diamond, Elin, *Pinter's Comic Play* (London: Associated UP, 1985).
Dillon, Millicent, "Conversation with Michel Foucault", in *The Threepenny Review*, vol. 1 (Winter-Spring, 1980): pp. 4-5.
Dobrez, L. A. C., *The Existential and Its Exits: Literary and Philosophical Perspectives on the Work of Beckett, Ionesco*, Genet and Pinter (London: The Athlone Press, 1986).
Dukore, Bernard F., *Harold Pinter* (London: Macmillan, 1982).
——, *Where Language Stops: Pinter's Tragicomedy* (Columbia: University of Missouri Press, 1976).
Eaglestone, Robert, *The Holocaust and the Postmoder*n (New York: Oxford University Press, 2004)［ロバート・イーグルストン『ホロコーストとポストモダン――歴史・文学・哲学はどう応答したか』田尻芳樹・太田晋訳〈東京：みすず書房、二〇一三年〉］
——, *Postmodernism and Holocaust Denial* (Duxford: Icon Books, 2001).
Elsom, John, *Post-war British Theatre* (London: Routledge & Kegan Paul, 1976).
Esslin, Martin, *An Anatomy of Drama* (New York: Hill and Wang, 1976).
——, *The People Wound: The Plays of Harold Pinter* (London: Methuen & Co, 1970).
——, *The Theatre of the Absurd* (London: Eyre & Spottiswood, 1962).
Flichy, Patrice, *Dynamics of Modern Communication: The Shaping and Impact of New Telecommunications Technologies*, trans. by Liz Libbrecht (London: Sage, 1995).
Fraser, Antonia, *Must You Go?: My Life with Harold Pinter* (London: Weidenfield & Nicolson, 2010).
——, *Our Israeli Diary, 1978: Of That Time, Of That Place* (London: Oneworld, 2017).
Fridman, Lea Wernick, *Words and Witness: Narrative and Aesthetic Strategies in the Representation of the Holocaust* (Albany: State

University of New York Press, 2000).

Gabbard, Lucina Paquet, *The Dream Structure of Pinter's Plays: A Psychological Approach* (London: Associated University Press, 1976)

Gale, Steven H., *Butter's Going Up: A Critical Analysis of Harold Pinter's Work* (Durham: Duke University Press, 1977).

——, *Harold Pinter: An Annotated Bibliography* (Boston: G.K. Hall & Co, 1978).

—— ed., *Critical Essays on Harold Pinter* (Boston: G.K. Hall & Co, 1990).

—— ed., *Harold Pinter: Critical Approaches* (London: Fairleigh Dickinson University Press, 1986).

Ganz, Arthur. ed., *Pinter: A Collection of Critical Essays* (Englewood Cliffs: Prentice-Hall, 1972).

Germanou, Maria, "'The Dead are Still Looking at Us': Harold Pinter, the Spectral Face, and Human Rights", in *NTQ: New Theatre Quarterly*; vol. 29, n. 4 (November 2013): pp. 360-69.

Gillen, Francis & Steven. H. Gale, eds., *The Pinter Review: Nobel Prize/Europe Theatre Prize Volume: 2005-2008* (Tampa, Florida: The University of Tampa Press, 2008).

Golding, William, *Lord of the Flies* (London: Faber and Faber, 1997).

Goodspeed, Andrew, "'The Dignity of Man': Pinter, Politics, and the Nobel Speech", in *ELOPE: English Language Overseas Perspectives and Enquiries*, vol. 9, n. 1 (2012): pp. 51-61.

Gordon, Lois G., *Stratagems to Uncover Nakedness: The Dramas of Harold Pinter* (Colombia: University of Missouri Press, 1969).

—— ed., *Harold Pinter: A Casebook* (New York: Garland Publishing, 1990).

—— ed., *Pinter at 70: A Casebook* (London: Routledge, 2001).

Gordon, Robert. *Harold Pinter: The Theatre of Power* (Ann Arbor, MI: University of Michigan Press, 2013).

Guralnick, Elissa S., *Sight Unseen: Beckett, Pinter, Stoppard and Other Contemporary Dramatists on Radio* (Athens: Ohio University Press, 1996).

Gussow, Mel, *Conversations with Pinter* (New York: Grove, 1996).

Habermas, Jürgen., *Toward a Rational Society: Student Protest, Science, and Politics*, trans. by Jeremy J. Shapiro (Boston: Beacon Press, 1970).

Hayman, Ronald, *Harold Pinter* (New York: Frederick Ungar Publishing Co, 1968).

Herman, S. Edward and Noam Chomsky, *Manufacturing Consent: The Political Economy of the Mass Media* (New York: Pantheon, 2002).

Hevesi, Márk Adrián, "Remembering the Present: Ersatz Possible Worlds as Alternative Realities in Harold Pinter's 'Theatre of Absence'", in *HJEAS: Hungarian Journal of English and American Studies*, vol. 17, n.1 (spring 2011): pp. 59-70.

Hilberg, Raul, *The Destruction of the European Jews*, 3 vols (New Haven: Yale University Press, 2003).

Hinchliffe, Arnold P., *Harold Pinter* (Boston: G.K. Hall & Co, 1981).

Hoffman, Eva, *After Such Knowledge: A Meditation on the Aftermath of the Holocaust* (London: Vintage, 2005).

Hollis, James R., *Harold Pinter: The Poetics of Silence* (Carbondale: Southern Illinoi University Press, 1970).

Homan, Sidney, *The Audience as Actor and Character: The Modern Theatre of Beckett, Brecht, Genet, Ionesco, Pinter, Stoppard, and Williams* (Lewisburg: Bucknell University Press, 1989).

Hongwei, Cheng, "Other Places and *The Caretaker*: An Exploration of the Inner Reality in Harold Pinter's Plays", in *Theory and Practice in Language Studies*, vol. 3, n. 4 (April 2013): pp. 581-88.

Hynes, Joseph, "Pinter and Morality", in *The Virginia Quarterly Review*, vol. 68, n. 4 (winter 1992): pp. 740-52.

Homan, Sidney with Stephanie Dugan, Sandra Langsner and Thomas Pender, *Pinter's Odd Man's Out: Staging and Filming Old Times* (London: Associated University Press, 1993).

Kane, Leslie, ed., *The Art of Crime: The Plays and the Films of Harold Pinter and David Mamet* (London: Routledge, 2004).

Kennedy, Andrew K., *Six Dramatists in Search of a Language: Studies in Dramatic Language* (London: Cambridge University Press, 1975).

Kerr, Walter, *Harold Pinter* (New York: Colombia University Press, 1967).

Krasner, David, "Harold Pinter's *The Homecoming* and Postmodern Jewish Philosophy", in *Modern Drama*, vol. 56, n. 4 (winter 2013): pp. 478-97.

Lahr, John. ed., *A Casebook on Harold Pinter's The Homecoming* (New York: Grove Press, 1971).

Langer, Lawrence L., *The Holocaust and the Literary Imagination* (New Haven: Yale University Press, 1975).［ローレンス・ランガー『ホロコーストの文学』増谷外世嗣・石田忠・井上義夫・小川雅魚訳（東京：晶文社、一九八二年）］

Lipstadt, Deborah E., *Denying the Holocaust: The Growing Assault on Truth and Memory* (New York: Plume, 1994).

Lloyd Evans, Gareth and Barbara, eds., *Plays in Review 1956-1980: British Drama and Critics* (London: Batsford Academic and Educational, 1985).

Hosokawa, Makoto. *Harold Pinter and the Self: Modern Double Awareness and Disguise in the Shadow of Shakespeare* (Tokyo: Keisuisha, 2016).

Marowitz, Charles, Tom Milne, & Owen Hale, eds., *The Encore Reader: A Chronicle of the New Drama* (London: Methuen & Co, 1965).

McLuhan, Marshall, *Understanding Media: The Extensions of Man* (London: Sphere Books, 1973).

McLuhan, Marshall & Bruce R. Powers, *The Global Village: Transformations in World Life and Media in the 21th Century* (New York: Oxford University Press, 1989).〔マーシャル・マクルーハン&ブルース・R・パワーズ『グローバル・ヴィレッジ――21世紀の生とメディアの転換』浅見克彦訳（東京：青弓社、二〇〇三年）〕

Mcteague, James H., *Playwrights and Acting: Acting Methodologies for Brecht, Ionesco, Pinter, and Shepard* (London: Praeger Pub, 1994).

Merritt, Susan Hollis, *Pinter in Play: Critical Strategies and Plays of Harold Pinter* (Durham: Duke University Press, 2002).

Morrison, Kristin, *Canters and Chronicles: The Use of Narrative in the Plays of Samuel Beckett and Harold Pinter* (Chicago: University of Chicago Press, 1983).

Morris-Suzuki, Tessa, *The Past within Us: Media, Memory, History* (London: Verso, 2005).

Muller, Claus, *The Politics of Communication: A Study in the Political Sociology of Language, Socialization, and Legitimation* (New York: Oxford University Press, 1973).〔クラウス・ミューラー『政治と言語』辻村明・松村健生訳（東京：東京創元社、一九七八年）〕

Naismith, Bill, *Harold Pinter* (London: Faber and Faber, 2000).

Orwell, George, *Nineteen Eighty-Four* (SLondon: Penguin Books, 2004).

――, "Politics and English Language", in *A Collection of Essays* (San Diego: Harcourt, 1981), pp. 156-171.

Owen, Craig N. ed., *Pinter Et Cetera* (Newcastle upon Tyne: Cambridge Scholars, 2009).

Peacock, D. Keith, *Harold Pinter and the New British Theatre* (Westport: Greenwood Press, 1997).

Plimpton, George. ed., *Writers at Work: The Paris Review Interviews, Third Series* (London: Secker & Warburg, 1968).

Plunka, Gene A., *Holocaust Drama: The Theater of Atrocity* (Cambridge: Cambridge University Press, 2009).

Prentice, Penelope, *The Pinter Ethic: The Erotic Aesthetic* (New York: Garland Publishing, 1994).

Quigley, Austin E., *The Pinter Problem* (Princeton: Princeton University Press, 1975).

Raby, Peter. ed., *The Cambridge Companion to Harold Pinter* (Cambridge: Cambridge University Press, 2001).

Regal, Martin S., *Harold Pinter: A Question of Timing* (London: Macmillan, 1995).

Roy, Emil. "G. B. Shaw's *Heartbreak House* and Harold Pinter's *The Homecoming*", in *Comparative Drama*; vol. 41, n. 3 (fall 2007): pp. 335-48.

Said, Edward W., *From Oslo to Iraq and the Road Map* (New York: Vintage Books, 2004).

Sakellaridou, Elizabeth, "All Them Aliens Had It: Pinter's Cosmopolitanism", in *ELOPE: English Language Overseas Perspectives and Enquiries*, vol. 9, n. 1 (2012): pp. 97-105.

——, *Pinter's Female Portraits: A Study of Female Characters in the Plays of Harold Pinter* (London: Macmillan, 1988).

Schama, Simon, *Landscape and Memory* (London: Fontana, 1996).

Schroll, Herman T., *Harold Pinter: A Study of His Reputation (1958-1969) and a Checklist* (Metuchen: The Scarecrow Press, 1971).

Scott, Michael, *Harold Pinter: The Birthday Party, The Caretaker & The Homecoming* (London: Macmillan, 1986).

Sicker, Efraim, *Beyond Marginality: Anglo-Jewish Literature after the Holocaust* (New York: State University of New York Press, 1985).

Smith, Ian. ed., *Pinter in the Theatre* (London: Nick Hern Books, 2005).

Steiner, George, *Language and Silence: Essays on Language, Literature, and the Inhuman* (New York: Atheneum, 1976). ［ジョージ・スタイナー『言語と沈黙——言語・文学・非人間的なるものについて』由良君美訳（東京：せりか書房、二〇〇一年）］

Strunk, Volker, *Harold Pinter: Towards a Poetics of His Plays* (New York: Peter Lang, 1989).

Sykes, Alrene, *Harold Pinter* (St. Lucia: Vof Queensland Press, 1970).

Taylor, John Russell, *Anger and After: A Guide to the New British Drama* (London: Methum & Co, 1969).

——, *Harold Pinter* (London: Longman, 1969).

Taylor-Batty, Mark, *About Pinter: The Playwright and the Work* (London: Faber and Faber, 2005).

——, *Harold Pinter* (Horndon: Northcote House. 2001).

——, *The Theatre of Harold Pinter* (London: Bloomsbury, 2014).

Thompson, David, *Pinter: The Player's Playwright* (London Macmillan, 1985).

Trussler, Simon, *The Plays of Harold Pinter: An Assessment* (London: Victor Gollancz Ltd, 1973).

Vidal-Naquet, Pierre, *Assassins of Memory: Essays on the Denial of the Holocaust*, trans. by Jeffrey Mehlman (New York: Columbia University Press, 1992).

Watson, G. J., *Drama: An Introduction* (London: Macmillan, 1983).

Wellwarth, George, *The Theater of Protest and Paradox: Developments in the Avant-Garde Drama* (New York: New York University Press, 1964).
White, Hayden, "Historical Emplotment and the Problem of Truth", in *Probing the Limits of Representation: Nazism and the 'Final Solution'*, ed. by Saul Friedlander (Cambridge, Mass: Harvard University Press, 1992), 37-53.
Woodroffe, Graham, "Taking Care of the 'Coloureds': The Political Metaphor of Harold Pinter's 'The Caretaker''', in *Theatre Journal*, vol. 40, n. 4 (December 1988): pp. 498-508.
Worth, Katharine J., *Revolutions in Modern English Drama* (London: G. Bell & Sons, 1972).
Žižek, Slavoj, *Violence: Six Sideways Reflections* (London: Profile Books, 2008).

アガンベン、ジョルジョ『アウシュヴィッツの残りのもの――アルシーヴと証人』上田忠男・廣石正和訳（東京：月曜社、二〇〇一年）
アドルノ、テオドール・W『プリズメン』渡辺祐邦・三原弟平訳（東京：筑摩書房、一九九六年）
――『文学ノート2』三光長治ほか訳（東京：みすず書房、二〇〇九年）
喜志哲雄『劇作家ハロルド・ピンター』（東京：研究社、二〇一〇年）
シュミット、カール『カール・シュミット時事論文集』渡辺暁彦ほか訳（東京：風行社、二〇〇〇年）
田尻芳樹『ベケットとその仲間たち――クッツェーから埴谷雄高まで』（東京：論創社、二〇〇九年）
フーコー、ミシェル『性の歴史1――知への意志』渡辺守章訳（東京：新潮社、一九八六年）
フルシチョフ、ニキータ『フルシチョフ秘密報告――スターリン批判』志水速雄訳（東京：講談社、一九七七年）
ベンヤミン、ヴァルター『ベンヤミン・アンソロジー』山口裕之訳（東京：河出書房、二〇一一年）
ホルクハイマー、マックス&テオドール・アドルノ『啓蒙の弁証法――哲学的断想』徳永恂訳（東京：岩波書店、二〇〇七年）
リオタール、ジャン＝フランソワ『文の抗争』陸井四郎ほか訳（東京：法政大学出版局、一九八九年）
リクール、ポール『記憶・歴史・忘却』上下巻、久米博訳（東京：新曜社、二〇〇四―二〇〇五年）

索引

あ行

か行

さ行

た行

な行

は行

ま行

や行

ら行

わ行

【著者】
奥畑豊
…おくはた・ゆたか…

1990年生まれ。日本女子大学文学部英文学科専任講師。慶應義塾大学文学部卒。東京大学大学院総合文化研究科修士課程修了。ロンドン大学バークベック校大学院博士課程修了（PhD）。単著に *Angela Carter's Critique of Her Contemporary World: Politics, History, and Mortality*（Peter Lang, 2021）、主な論文に「ハリウッド、冷戦、家庭：Angela Carter の *The Passion of New Eve* における女性像の構築」『英文学研究』95巻 2018年、「ハロルド・ピンターの政治劇におけるユダヤ性、記憶、声の剥奪」広瀬佳司・伊達雅彦編『ユダヤの記憶と伝統』（彩流社、2019年）などがある。

Sairyusha

ハロルド・ピンター

二〇二一年六月二十日　初版第一刷

著者――奥畑豊
発行者――河野和憲
発行所――株式会社 彩流社
〒101-0051
東京都千代田区神田神保町3-10
電話：03-3234-5931
ファックス：03-3234-5932
E-mail：sairyusha@sairyusha.co.jp
印刷――明和印刷（株）
製本――（株）村上製本所
装丁――宗利淳一

ISBN978-4-7791-2754-0 C0074
http://www.sairyusha.co.jp

フィギュール彩

〔既刊〕

⑫大阪「映画」事始め

武部好伸◉著

定価(本体 1800 円＋税)

新事実！大阪は映画興行の発祥地のみならず「上映」の発祥地でもある可能性が高い。エジソン社製ヴァイタスコープの試写が難波の鉄工所で1896年12月に行われていたのだった。

⑪百萬両の女　喜代三

小野公宇一◉著

定価(本体 1800 円＋税)

「稀代の映画バカ小野さんがついに一冊かけてその愛を成就させました！」(吉田大八監督)。邦画史上の大傑作『丹下左膳餘話・百萬両の壺』に出演した芸者・喜代三の決定版評伝。

⑯監督ばか

内藤誠◉著

定価(本体 1800 円＋税)

「不良性感度」が特に濃厚な東映プログラムピクチャー等のB級映画は「時代」を大いに反映した。カルト映画『番格ロック』から最新作『酒中日記』まで内藤監督の活動を一冊に凝縮。

フィギュール彩

〔既刊〕

⑪ 壁の向こうの天使たち

越川芳明◉著

定価（本体1800円＋税）

天使とは死者たちの声なのかもしれない。あるいは森や河や海の精霊の声なのかもしれない。「ボーダー映画」に登場する人物への共鳴。「壁」をすり抜ける知恵を見つける試み。

㊼ 誰もがみんな子どもだった

ジェリー・グリスウォルド◉著／**渡邉藍衣・越川瑛理**◉訳

定価（本体1800円＋税）

優れた作家は大人になっても自身の「子ども時代」と繋がっていて大事にしているので、子どもに向かって真摯に語ることができる。大人（のため）だからこその「児童文学」入門書。

㊵ 編集ばか

坪内祐三・名田屋昭二・内藤誠◉著

定価（本体1600円＋税）

弱冠32歳で「週刊現代」編集長に抜擢された名田屋。そして早大·木村毅ゼミ同門で東映プログラムピクチャー内藤監督。同時代的な活動を批評家·坪内氏の司会進行で語り尽くす。

フィギュール彩

〔既刊〕

㉑紀行　失われたものの伝説

立野正裕◉著

定価（本体1900円＋税）

荒涼とした流刑地や戦跡。いまや聖地と化した「つはものどもが夢の跡」。聖地とは現代において人々のこころのなかで特別な意味を与えられた場所。二十世紀の「記憶」への旅。

㉟紀行　星の時間を旅して

立野正裕◉著

定価（本体1800円＋税）

もし来週のうちに世界が滅びてしまうと知ったら、わたしはどうするだろう。その問いに今日、依然としてわたしは答えられない。それゆえ、いまなおわたしは旅を続けている。

㊲黒いチェコ

増田幸弘◉著

定価（本体1800円＋税）

これは遠い他所の国の話ではない。かわいいチェコ？ロマンティックなプラハ？いえいえ美しい街にはおぞましい毒がある。中欧の都に人間というこの狂った者の千年を見る。